David Dufresne est un écrivain, journaliste, auteur et réalisateur de documentaires interactifs uniques. Il a notamment réalisé (avec Philippe Brault) les webdocumentaires *Prison Valley* (premier prix Interactif du World Press Photo 2011), ou *Fort McMoney*, lauréat de nombreux prix internationaux. Il est également le concepteur de la collection *PhoneStories*, des récits en temps réel sur mobile, dont *L'Infiltré*.

Longtemps reporter pour *Libération* et membre de l'équipe fondatrice du site d'investigation *Médiapart*, David Dufresne a publié une dizaine d'ouvrages d'enquête dont *On ne vit qu'une heure, une virée avec Jacques Brel* (Le Seuil, 2018), *Tarnac, magasin général* (Calmann Lévy, Prix des Assises du Journalisme 2012) ou *New Moon. Café de nuit joyeux* (finaliste du Prix de Flore). En 2018, il lance le projet *Allo Place Beauvau*, qui recense sur son compte twitter les témoignages de victimes des violences policières pendant les actes du mouvement des gilets jaunes en France (Grand prix du jury des Assises internationales du Journalisme 2019).

Dernière sommation, son premier roman, est né de ce travail.

David Dufresne

DERNIÈRE SOMMATION

ROMAN

Grasset

TEXTE INTÉGRAL

ISBN 978-2-7578-8669-4

Aux signalés,
et à leurs enfants

« Sans doute l'objectif principal aujourd'hui n'est-il pas de découvrir, mais de refuser ce que nous sommes. »

Michel FOUCAULT

« LES MIETTES, C'EST POUR LES PIGEONS »

Vicky tournait la bague de son majeur, comme un rituel. Ses doigts n'étaient pas les plus fins du monde, ni les plus beaux, mais c'étaient les siens ; des doigts experts pour décapsuler une bombe aérosol. Vicky faisait ça d'un coup sec – et calme. Le bouchon sautait et tout devenait possible. Les murs auraient la parole ; *la rue est à nous, Paris, debout, soulève-toi* ; frissons de l'émeute et ivresse du graffiti express.

Vicky se rendait toujours dans ce McDo, avant chaque manifestation. C'était le rituel dans le rituel, son truc pour tromper l'ennemi, comme les amis. Vicky aimait susciter l'incompréhension, des siens et des chiens. Ses amis ne pouvaient comprendre ce qu'elle foutait là, dans ce McDonald du boulevard de l'Hôpital, saccagé quelques mois plus tôt par une brigade noire d'anticapitalistes. Vicky aimait simplement cette bouffe merdique, ce sucré-salé, la vie en sauce aigre-douce, comme racontait la franchise.

Vicky disait qu'on pouvait fort bien détester ce système et en souhaiter le *désenchantement.* À l'écart, derrière les range-plateaux poubelles, elle regardait le monde sombrer : ces pères pressés et sans imagination qui venaient happy-meal avec leurs rejetons ; ces Parisiennes piégées par les salades fraîcheur ; cette batterie de panneaux de commande électroniques où, avait-elle lu, des inspecteurs de l'hygiène avaient détecté des restes de merde – littéralement, parce que des clients bien intentionnés venaient y glisser leurs doigts, en sortant des toilettes, sans passer par la case lavabo.

La bombe était de marque Relook, sa préférée, et notamment parce que le Leroy-Merlin de Beaubourg avait le bon goût de ne jamais la biper. Vicky caressait le diffuseur, un *fat cap*, qui offrait un étalement aussi épais que parfait. Les fines rainures accrochaient parfaitement son index. Le noir mat de chez Relook restait ce qui se faisait de mieux, couvrant et tres résistant, affirmait la marque ; et Vicky aimait beaucoup le slogan du modèle : *le noir, c'est le noir*. La jeune femme trouvait qu'à tout prendre, elle était mieux placée que les bricolos du dimanche pour lui rendre hommage. Elle souriait. Le cortège n'allait pas tarder. Sa bague de fer-blanc, une babiole vaguement rock'n'roll, achetée dix ans plus tôt sur un marché de Toulouse, lui faisait de l'œil. Cette bague, un peu petite, un brin serrée, avait tout connu.

De sa main droite, Vicky fit valser la bombe sur elle-même, comme un colt de série B. Un petit garçon la regardait, émerveillé. L'enfant était rassuré, il se disait que les adultes, aussi, savent jouer.

« SUR LA PLACE ABANDONNÉE, MATRAQUAGES ET CRÂNES BRISÉS »

— Les mots ont un sens.

C'était la phrase fétiche du Patron. Frédéric Dhomme, 57 ans, dont trente passés ici, à la Préfecture de police de Paris, l'État dans l'État. Frédéric Dhomme connaissait la boutique mieux que personne. Des préfets, il en avait connu ; des pièges, esquivés par dizaine ; des pressions, subies par centaines – sans flancher. Frédéric Dhomme était le grand flic, serviteur de l'État, discret, craint de ses subordonnés, apprécié de ses supérieurs ; à la fois solide et anguille, à l'aise dans les intrigues et suffisamment retors pour avoir l'air de ne jamais avoir l'air.

— Les mots ont un sens, insistait-il.

Son embonpoint était un signe : suivez-moi, et vous vivrez bien. Les galons sur les épaulettes faisaient le reste. Dhomme, s'il n'inspirait pas confiance, forçait le respect.

Il avait la veulerie requise avec les supérieurs, et l'autorité nécessaire avec les autres. Sa carrière parlait pour lui, comme les médailles dans sa vitrine. Depuis son divorce, il n'était plus tout à fait le même, son bégaiement avait repris de plus belle, mais chef il restait. Et dans ce théâtre c'était bien ce qui comptait : on pouvait être mauvais acteur, ou du moins fébrile, seuls importaient le rôle – et les répliques. Dhomme était les deux : fragile et cassant ; touchant à force d'être insaisissable.

Face à lui, un aréopage de chefs d'état-major, à qui, lui, le grand patron de la DOPC, la Direction de l'ordre public et de la circulation, il revenait de cadrer les ardeurs. Son bureau était assez massif, de quoi disposer de grandes cartes sur une grande table, avec antichambre pour conversations discrètes, et espace protégé pour cigarettes électroniques proscrites. Ses officiers connaissaient la musique, et l'endroit. Tous rêvaient d'en être un jour le chef d'orchestre. Et tous savaient que tous le savaient, à commencer par Frédéric Dhomme lui-même.

Les mots ont un sens, cela voulait dire qu'il fallait ne pas employer les bons, surtout ne rien laisser transparaître sur les ondes, cette maudite radio où il se trouvait toujours un malin pour tout enregistrer, rien qui fasse comprendre que les gars, sur le terrain, avaient bien le feu vert. La chasse était ouverte, mais ça ne devait pas se savoir – ni consigne ni ordre, juste *un climat*. Et si ça se savait, tant pis pour vous, messieurs, je serais dans l'obligation de vous lâcher.

« POUR GAGNER NOUS DEVONS PERDRE »

Un cri, un hurlement d'après la douleur, inconnu et interminable, une stridence de l'impensable.

Étienne Dardel sursauta, pétrifié.

C'était un cri indéfini, un homme, une femme, difficile à savoir. Il durait l'éternité de neuf secondes, avant qu'une femme en blanc ne surgisse de la droite de l'écran, enserre la victime, et l'accompagne dans une course folle au pied du mur d'enceinte de l'Assemblée. La street medic criait à son tour, cordon ! cordon ! cordon !

Au sol, un bras n'avait plus de main. L'image était effroyable par ce qu'elle montrait et comment elle le montrait, de façon clinique, du sang, et des tendons ; de la chair qui pend, et une vie qu'on prend.

Et les autres street medics qui se précipitent, en blanc, croix rouge sur le casque, le cordon qui se forme et, à nouveau, un cri, mais différent, un cri-chorale, dix, vingt, trente manifestants qui hurlent ensemble, d'effroi et de colère, les putes les flics !

Un hurlement – et une cavalcade.

C'était un soir de février, avec sa pluie fine et agaçante, son froid humide, et ses milliers de marcheurs qui zigzaguaient dans les bas degrés et les beaux quartiers, en quête d'une liberté prise à des ennemis pas toujours bien définis – à l'État, aux voitures, aux JT, à l'ordre établi.

Dardel sentit des larmes couler. C'était sa cinquième main arrachée, en deux mois. Il suffoquait, il pleurait comme un gamin, lui qui en avait trois, et la vie déjà bien entamée, mais il s'épuisait à visionner encore et encore les images.

Pour être sûr, pour bien comprendre l'incompréhensible, ces armes de guerre envoyées sur des civils, en plein Paris. Les images fusaient maintenant de partout, sous tous les angles, côté gendarmes mobiles, côté manifestants, en Facebook live ou en Twitter Periscope, parfois grossies, ralenties, zoomées, dézoomées, avec ou sans sigle, avec ou sans floutage, avec ou sans façon.

Dardel prit son clavier :

allo @Place_Beauvau – c'est pour un signalement 412

Attention IMAGES TRÈS DURES
Main arrachée devant Assemblée nationale, 19 h 30
Grenade explosive #GLI-F4 (comprend 25 g de TNT).

Paris, #ActeXIII. @EtienneDardel

Les images avait été tournées par une vidéaste, intrépide et impeccable, de toutes les manifs sauvages depuis le début du mouvement, capable de tenir sept ou dix heures d'affilée, non stop et *non fiction*, précaire comme la plupart de ses pairs, une génération spontanée qui filmait ce qu'elle vivait au quotidien, l'injustice et l'écrasement.

Étienne Dardel pouvait distinguer le moindre détail. Au loin, la garde statique des riches décorations en bronze doré du pont Alexandre III ; plus proches, les grilles de l'Assemblée, puis le brouillard des lacrymogènes, les palets des grenades, les masques, les casques, les silhouettes déterminées, celles un peu perdues, les corps entraînés et les enjambées entraînantes, les déchets des uns et des autres, drapeaux déchirés et douilles explosées – et la Seine, et toute la scène. Une bataille suprême et désuète du pavé parisien, sublimée par le cadrage fragile.

Dardel était au cœur de l'action, chaque samedi une nouvelle séance, avec ses tensions du regard et ses joies de slogans. Dardel y allait comme au front, le cinéma de son quartier, le cinéma direct, sans filtre, sans script ; la vie même dans ce qu'elle a de plus saisissant : la tragédie humaine.

Le monde avait bien basculé : ce qui n'était qu'un mythe de sa jeunesse, les *snuff movies*, était devenu une réalité, sa réalité, son quotidien : le trépas *live*, les gueules cassées en direct, les mutilés sous ses yeux, c'était possible, terrible, et c'était *maintenant*.

« VIOLENCE GRATUITE CONTRE MONDE PAYANT »

— Qu'est-ce qui vous a pris, Serge ?

À sa façon, Frédéric Dhomme était furieux, colère rentrée, les yeux légèrement baissés comme pour feindre d'épargner son interlocuteur de son courroux. Le battement frénétique de sa jugulaire trahissait la nervosité.

— Qu'est-ce qui vous a pris, Serge, d'aller raconter vos conneries à la télé ?

La veille au soir, le syndicaliste avait fait le beau sur BFM-TV quelques minutes à peine après l'incident de l'Assemblée. Serge Andras avait été convoqué séance tenante, à la première heure, par le patron de la DOPC.

À la télé, le syndicaliste avait estimé malin de dire tout haut ce que bien des adhérents de sa centrale pensaient : elle cherche sa perte, la gonzesse, au bout d'un moment, il faut le dire. Si la grenade lui était directement arrivée dans la main, oui, on pourrait se poser des questions. Mais là, elle se penche, elle veut prendre la grenade. Et si elle la récupère et qu'elle la renvoie sur les forces de l'ordre ? Hein ? Qu'est-ce que vous en dites ? Je vais être très cru, mais *c'est bien fait pour sa gueule*.

— Serge, les mots sont importants, reprit Dhomme.

— Je sais.

— Je sais que vous savez, et je sais aussi que vous avez cru bien faire.

— Oui, monsieur le directeur.

— Mais les plateaux télé, c'est pas les réunions syndicales ! C'est pas la salle de commandement ! Les plateaux télé, c'est l'adversaire, Serge. Vous comprenez bien ça ?

— Oui, monsieur le directeur. Mais…

— Il n'y a pas de mais, Serge… J'ai la transcription de votre intervention…

— Si, monsieur le directeur, il y a un mais.

Dhomme n'en revenait pas. Un n-1, comme il disait, osait lui tenir tête. Dans son bureau ; sur son propre terrain ; cet Andras compagnon de route de toujours.

— Le mais, c'est qu'il y a que les gars, ils en ont marre de s'en prendre plein la figure. Et je les représente. Et y a pas qu'eux ! Y a tous les collègues ! Les bacqueux, les CRS, même la BRI, et les Mobiles. Vous les avez tous jetés dans la rue, au carnage ! Tous les samedis ! Alors…

— Alors… ?

— Alors, on doit bien monter au créneau, nous, les syndicats, pour défendre les collègues. Puisque vous le faites pas, Patron ! On est à bout, vous comprenez. À bout. C'est fini, les syndicats au pas, les centrales courroies de transmission du ministère, finies les combinazione place Beauvau ou ici, chez le préfet. Ça doit sortir !

— Serge, les mots sont importants.

— … Et notre colère est grande, monsieur le directeur. Cette connasse, elle nous emmerde. Oui, c'est bien fait pour sa gueule. Et les black blocs, ras le cul ! Tous les samedis, c'est la même rengaine. On prend des coups, par les manifestants. Des insultes, par les passants. Des saloperies, sur les réseaux sociaux. Et ces connards de journalistes, hein, ces raclures de bidet qui nous applaudissaient après Charlie, et qui maintenant nous chient dessus… Ce Dardel, qui nous colle au cul, comme une mouche à merde avec ses tweets pourris. Rien ! vous faites rien ! Pas même la moindre intimidation, pas la plus petite convocation bidon à la DGSI, ou un vieux machin sur lui qui sortirait…

« PARISIENS : L'HISTOIRE VOUS PASSE SOUS LE NEZ »

Ce n'était pas son cri qu'on entendait. Elle, elle ne ressentait rien, strictement rien ; les toubibs de l'hôpital Cochin lui expliqueraient pourquoi et comment son corps avait fait barrage.

Le cri venait de son accompagnatrice qui avait vu, et qui avait ressenti l'effroi. Au sol, un doigt, puis un autre, déchiquetés, et un troisième, en lambeaux lui aussi ; et un dernier, qui semblait être un majeur, rouge et blanc, chair et sang, avec une vague bague accrochée comme dernier signe de vie. La babiole avait résisté, contre toute attente, et toute logique ; brisée par endroits, ensanglantée partout, son métal de pacotille avait tout de même tenu. Maigre doigt d'honneur perdu devant l'Assemblée, au pied des palissades, qu'on avait vissées à la va-vite sur les grilles.

Le cri durait neuf secondes, et Vicky ne comprenait pas pourquoi on lui hurlait dessus. Il y avait bien la tension du moment, la danse des tonfas, l'excitation des uns et des autres ; gendarmes et casseurs, flics et manifestants, policiers et passants ; il y avait bien ces nuages de gaz, qui piquaient au vif ; ces bruits de bottes, de barres de fer qui tombent, les *ploc, ploc, ploc* des LBD, le son sec des matraques sur les boucliers, mais rien qui n'explique ces hurlements.

Et Vicky saisit, à l'instant même où elle tenta de retirer son masque de ski. Vicky était toujours bien équipée, contre les lacrymos, contre les grenades : sa main glissait sur les lunettes XL, son élastique ne bougeait pas, incapable de l'accrocher, de le sentir même, et puis le liquide chaud qui entrait dans son masque à gaz.

— Non, ma main !

Les street medics avaient formé un cordon et passé un accord avec les gendarmes mobiles : c'est bon, oui, ils pouvaient emmener la blessée à l'abri, entrez ici, la grille au fond, puis la porte visiteurs sur votre droite. Vicky se retrouva propulsée au cœur du pouvoir, dans la salle des Quatre Colonnes où les pompiers avaient installé leur poste avancé.

Vicky s'amusait de l'ironie de l'histoire : elle qui ne votait pas, elle qui luttait contre un État qui ne représentait que lui-même et ses serviteurs ; elle était là, dans cette salle des jours de questions parlementaires, où élus et journalistes se prêtent depuis toujours au jeu imbécile de la petite phrase. Ce jeu dont Vicky et les siens avaient décidé de *modifier les règles*.

Vicky voulait appeler sa mère, lui raconter ; sa mère refusait de rire à sa mauvaise blague, à son histoire de main arrachée et de perchoir, de République abattue et de mutilation, de sang et de pompiers. La douleur se réveilla à ce moment-là, la sécrétion d'endorphines ne pouvait plus rien, le mécanisme de protection céda – et la mère de Vicky comprit.

On ne jouait plus.

Deux mois auparavant

« TOUT LE POUVOIR AUX RONDS-POINTS »

Étienne Dardel s'était arrêté là, attiré par la bataille de deux drapeaux, un face-à-face comme un raccourci du pays. Un gilet de sécurité tricolore, immense bleu-blanc-rouge, était ficelé sur des ballots de paille, sur lesquels on lisait des pancartes en tous genres, qui disaient ça suffit, ça suffit, *qui sème la misère récolte la colère*, et parfois la haine, *Macron tête de con* ou *Macron baise ta femme pas les Français*.

Au centre du rond-point, ce que Dardel avait perçu en premier derrière son pare-brise, l'adversaire : des vestiges, trois fanions rouge et noir flottant au gré des 35 tonnes qui passaient là, à Graulhet, dans le Tarn.

Aux embouchures du rond-point, la guerre sociale sonnait. À gauche, c'était l'avenue de l'Europe ; à droite, le boulevard de la Casse. Et au milieu : la gronde jaune, un brasero, une caravane qui n'avait pas dû voir les congés payés depuis des lustres, et des bâches, quelques tôles ondulées, une infirmière, des paysans, un ouvrier au chômage, un chômeur à rien, un cadre du garage Peugeot du coin, un klaxon, un soutien, suggérait un autre panneau.

Dardel n'avait jamais mis les pieds dans la région, il revenait d'une séance de signature non loin de là, un livre curieux sur Brel, sorte de plongée dans la France des toiles cirées, où il essayait de faire siens les deux préceptes capitaux du Belge : *aller voir* et repousser la prudence. Dardel sortit de sa voiture de location comme vivifié.

Ces drapeaux, il savait que ça marquerait quelque chose, sa vie, ou un nouveau projet. Un livre, un film, peut-être autre chose ; sa vie entière n'était que ça, de toute façon, une course sans fin de projet en projet, à bifurquer, de genres en styles, d'expressions en productions, le travail abattu comme arme contre l'abattement, Dardel avait même poussé la logique jusqu'à s'exiler, sept ans, au Canada. Il se souvenait fort bien du déclic qui l'avait conduit à partir, un débat entre deux tours d'une présidentielle où une candidate réclamait *l'ordre juste*, et l'autre, plus roublard, futur gagnant, *juste de l'ordre.*

Dardel avançait vers l'abri de fortune des gilets jaunes, un reste de ses années de journalisme, où l'on se croit autorisé à toutes les permissions. C'était probablement ce qu'il avait le plus aimé dans ce métier, passer outre et passer les ponts, bousculer les us et renverser les coutumes, aller chez l'inconnu ou chez l'ennemi ; sans autre levier que le culot et le sourire comme complices.

Une femme l'accosta. Elle portait un gilet jaune, usé à l'encolure, marqué d'un slogan maison : *Ils ne sont grands que parce que nous sommes à genoux.*

— Vous avez une carte de presse ?

Elle regardait vers la voiture de Dardel, et même un peu au-delà.

— Les Renseignements généraux cherchent à nous infiltrer.

Dardel sourit. Cela faisait bien dix années qu'il n'avait plus le sésame, dix ans qu'il avait arrêté le métier avant que le sourire sincère ne se fasse cynique et dissimulé, comme il l'avait vu défigurer tant de ses amis ; dix ans qu'il avait tourné le dos aux rédactions, qu'il prenait pour des cimetières de la pensée, lui qui avait connu les empoignades enflammées, et sans fin – nocturnes et fraternelles chez *Actuel*, matinales et fratricides chez *Libération*, expertes et rudes chez Mediapart.

— Vous savez, les RG n'existent plus. Ou plus vraiment.

— C'est ça ! Mais nous, on veut votre carte !

— J'entends bien, madame, tenta Dardel. Mais vous savez, une carte de presse, ça prouve rien. Les RG en avaient de belles…

La femme sourit à son tour.

— Vous voulez quoi ?

Dardel jeta un œil à sa voiture, et à Hanna, sa femme, qui l'attendait. C'était elle, à dire vrai, qui avait *senti* l'endroit, qui avait dit, on fait demi-tour, descends puisque tu en as envie. Il la regarda ; plein de mercis et d'envies.

Descendre dans l'arène, c'était bien l'idée, c'était bien le désir.

Dardel fixa la cahute, de bric et de broc, de dons et de banquettes d'occasion, un poêle et des tabourets, trois lits de fortune, et un panneau : *Ici c'est la règle, pas d'alcool, pas de cigarettes qui font rigoler, pas de sexe.* Cette discipline annonçait quelque chose de durable, et de profond. Ceux-là avaient compris que dans une société de flux, le blocage nomade était plus efficace que l'occupation sociale.

Cette prise du *territoire*, le seul qui comptait désormais, la rue, la route, la place, *Occupy Graulhet*, Tahrir-sur-Tarn, agissait sur Dardel comme une promesse. Tout devenait Zone à défendre, partout des carrés du dernier carré.

— Notre cabane, c'est notre vie. Pas besoin de permis de construire, pas besoin de crédit, pas d'emprunt, *on est chez nous*, entre amis, lança la femme.

Dardel lut les doléances au dos des gilets, qui tenaient le carrefour : *Les mauvais jours finiront, Paradis pour les uns pas un radis pour les autres, Samedi c'est jacquerie, + de banquise – de banquiers.*

— J'aimerais vous poser une question, dit Dardel.

— Laquelle ?

— Ici, on est plutôt nationaliste ou plutôt communiste ?

La femme semblait interloquée. Nationaliste, elle voyait. Elle disait que le gilet géant bleu-blanc-rouge, ça n'avait rien à voir, qu'il fallait pas croire ce que la télé raconte, des fâchés mais pas de fachos chez nous, et puis fachos ça veut dire quoi ?

— Des zozos, on en a. Des bourrins aussi. Mais communiste ? Pourquoi communiste ? Syndicats, patronat, gauche, droite, usine à prendre, PDG à séquestrer, tractations et reprise du travail, c'était du passé, vous comprenez pas monsieur ? Chacun garde ses opinions. On est apolitiques. Nous, on est plutôt Jacline Mouraud, vous voyez ?

Dardel ne voyait pas. La femme lui expliqua, Jacline, LA Jacline, la thérapeute, vous savez, celle qui fait de l'hypnose, et de l'accordéon, celle qui a lancé son coup de gueule sur Facebook, il y a un mois, des millions de gens l'ont vue, on a pas de Madone, mais, elle, la Jacline, elle nous a réveillés… avec Priscillia… Vous voyez ?

Cette fois, Dardel voyait, Priscillia Ludosky, une femme élégante, noire et frondeuse, lanceuse de pétition pour la baisse du prix de l'essence. Un million de signatures, en quelques semaines. Elles sont comme nous, reprit la femme, elles en ont marre, des taxes et des arnaques, de la hausse du super et du mépris de

Paris. Et puis, Jacline et moi, on a le même prénom, sauf que ça s'écrit pas pareil, moi, c'est Jacqueline.

Priscillia, Jacline, Dardel aimait ces prénoms, un peu soap, un peu opéra, mais il resta sur son idée, ça faisait beaucoup d'un coup. Il fit quelques grands gestes avec ses mains, ses racines espagnoles, et pointa les fanions rouge et noir, plantés au-dessus d'une pile de pneus et de bâches camouflage. Communistes ?

La femme s'esclaffa.

— Mon bon monsieur ! C'est pas des fanions, mais des maillots ! Des maillots de rugby. C'est le club ici. On est pas cons, si on veut que les gens s'arrêtent, faut qu'on les attire…

Dardel rit à son tour, heureux de retrouver son pays. Drôle, dur et imprévisible.

Jacline Mouraud : Qu'est-ce que vous faites du pognon des Français ?
Facebook, 18 octobre 2018

Vidéo 4 minutes et 37 secondes
6 454 912 vues

Bonjour à tous.

Je viens faire une petite vidéo coup de gueule.

J'ai deux petits mots à dire à monsieur Macron et son gouvernement.

Quand est-ce que ça va se terminer la traque aux conducteurs que vous avez mise en place depuis que vous êtes là ?

Parce que là on atteint des sommets, hein ! Mais on en a plein les bottes. C'est clair ?

Les nouveaux contrôles techniques ? La moitié des voitures ne passent plus, vous vous en foutez, vous roulez avec un « parc » qu'on vous offre et qu'on vous paye, hein !

La hausse du prix du carburant ? 1,50 euro mais tout le monde s'en fout, personne dit rien. Pourquoi on dit rien ? Parce qu'on a pas les moyens d'être dans la rue, parce qu'il faut qu'on paye les impôts que vous nous avez gentiment envoyés, là, pour la fin de l'année. Donc ça va durer jusqu'à quand ça ?

Ensuite la chasse aux véhicules diesel : on continue, parce que comme vous nous avez tous fait acheter des véhicules diesel, soi-disant c'était moins polluant à une époque. Donc, maintenant, tous nos véhicules diesel vous dérangent, alors il faut les changer ? Bah oui, mais c'est pas pour ça que j'ai du pognon, moi, pour changer ma voiture, hein ! Alors vos petites « primettes » de rien du tout, ça va pas suffire à changer tout un « parc » automobile français.

Ensuite, l'augmentation du nombre des radars. Là maintenant, y en a partout, y a une forêt de radars en France.

Mais qu'est-ce que vous faites du pognon ?

C'est ça, c'est la question que tout le monde se pose.

À Paris, ils sont passés de 12 000 à 87 000 PV en un an.

Mais qu'est-ce que vous faites du pognon ?

À part changer la vaisselle de l'Élysée ou vous faire construire des piscines ? On se demande. Hein ?

Si c'est à ça que ça sert le pognon alors autant qu'on change. C'est pas la peine que vous restiez pour faire des conneries comme ça !

Ensuite les voitures privées banalisées ? C'est pareil. Mais enfin mais on va où ? On est traqués. On monte dans notre voiture, de toute façon, on est considéré comme quelqu'un qui va potentiellement payer. En faisant le plein, en payant des PV, parce que maintenant on dépasse de 1, eh bien, on a un PV… Mais, vous, y a pas de problème. Vous, vous payez pas de PV.

Ensuite, c'est les péages à l'entrée des grandes villes. Non mais… Vous vous croyez où, là ? Vous croyez que les Français ont encore les moyens de payer des péages à l'entrée des grandes villes ? Mais qu'est-ce qu'on va faire ? On ira plus dans les grandes villes. Désertification du centre-ville. Voilà. Et puis, maintenant, on va plus non plus dans les grandes surfaces parce qu'ils vendent que de la merde. On commandera tout sur Internet. Voilà. Et comme ça, le bilan carbone sera sans doute un petit peu plus élevé.

Vous réfléchissez de temps en temps aux conneries que vous faites ? Hein ?

Et puis, aujourd'hui, on a le sommet du sommet, la carte grise sur les vélos. Parce que vous savez plus où prendre le pognon, donc on invente la carte grise sur les vélos. Tout ça pour nous faire croire que quand ils seront volés, on les retrouvera plus vite, mais enfin on s'en fout de se faire voler un vélo à 200 euros, hein ! Quand il vaut plus, il est assuré. Mais c'est parce que vous savez pas où prendre le pognon.

Mais qu'est-ce que vous faites du pognon des Français ?

Je suis certaine qu'il y a au moins 80 % des gens qui m'écoutent qui sont d'accord avec moi. Je vous invite donc à partager cette vidéo pour leur dire qu'on en a plein les bottes de leurs conneries, ou alors, faites vos vidéos chacun pour dire que vous en avez marre, et que ces histoires de nous traquer sur les bagnoles, on en peut plus, on vit pas tous en ville, moi je fais 25 000 kilomètres par an, j'ai pas d'autre choix que de prendre ma voiture, qu'elle pollue ou qu'elle ne pollue pas.

D'ailleurs, à propos de la pollution, on peut aussi parler de la pollution des avions dont vous ne parlez jamais, bien entendu. Bah oui… Forcément y a des lobbies derrière, bah oui. Bah, franchement…

Mais où va-t-on ?

Où va la France, monsieur Macron ?

Où va la France ?

Certainement pas là où vous avez dit que vous l'emmèneriez.

« NOUS SOMMES LE BUG DANS LA START-UP NATION »

Frédéric Dhomme sentit une légère gêne dans la nuque, un petit point fixe, une irritation d'autant plus pénible qu'elle lui était étrangère. Machinalement, le directeur passa la main sur sa douleur, évitant son casque audio vissé sur sa tête. Les messages sur le canal État-major étaient des messages de guerre. Son massage lui offrait la paix.

La radio grésillait.

— Les casseurs s'équipent devant nous. On fait quoi ?

— Rien, répondit Dhomme.

— Ils s'équipent, je vous dis… Ils s'é-qui-pent.

— Entendu.

— Ils vont nous balancer les pavés qu'ils déterrent, si vous préférez.

— On sait. Tenez votre position, vous bougez pas.

— Un bond offensif ?

— Surtout pas !
— Même une simple poussette, au bouclier ?
— Ni poussette, ni courette : statiques !

Dans la salle de commandement, au sous-sol de la Préfecture, chacun était à son poste et chacun sentait que quelque chose de magistral avait merdé. L'habituel briefing matinal de Dhomme, dans la salle des 163 policiers morts pour la France, au rez-de-chaussée, devant plus de 120 hommes, n'avait servi à rien. Oubliée, la réunion de cadrage, quelle doctrine, quelles charges, quelles répliques ; à peine débarqués sur le terrain, les gars avaient défourraillé les lacrymogènes, dix mille dans la journée, du jamais vu. L'enfer et le ridicule, en mondovision, CRS et gendarmes mobiles incapables de tenir le haut de la plus célèbre avenue de Paris, dépassés et confus. Et ces abeilles, quelques centaines, qui bourdonnaient, des heures durant, nassés mais libres comme l'air dans leur périmètre fermé, avenue Kléber, avenue Hoche, et qui s'infiltraient au cœur même de la Superbe, dans le saint des saints des symboles, comètes de la violence sur la place de l'Étoile.

LES GILETS JAUNES TRIOMPHERONT

Les dingues, ils avaient tagué ça, en énorme, sur le pilier nord-est de l'Arc de triomphe, le pilier de tous les regards, celui qui s'offre aux Champs-Élysées. Dans la salle de commandement, le graffiti se répétait d'écran en écran, caméra de surveillance après caméra de surveillance, mille dans Paris, dix opérateurs pour les manier dans la salle. Dhomme savait ce que l'affront allait lui coûter ; d'abord, en direct, défié devant ses troupes ; et plus tard, dans le bureau du préfet, qui suivait les événements en direct, depuis ses appartements, par notes et par caméras.

LES GILETS JAUNES TRIOMPHERONT
LES GILETS JAUNES TRIOMPHERONT
LES GILETS JAUNES TRIOMPHERONT
LES GILETS JAUNES TRIOMPHERONT
LES GILETS JAUNES TRIOMPHERONT

Dhomme fit envoyer le canon à eau, l'hélicoptère géostationnaire, et il ordonna de déloger les trois clampins avec leur banderole *Gaulois réfractaires* – Dhomme n'avait pas tellement envie que le PR voit ça, aussi, sa propre expression retournée contre lui, Emmanuel Macron avait dit ça pour fustiger son peuple réticent à ses réformes, et voilà comment son peuple répondait : par une banderole, et une bataille de Paris.

Une bataille qui se jouait par télévision interposée, combien de fois Dhomme avait-il reçu des ordres de la Cellule interministérielle de crise, à Beauvau, parce qu'une chaîne d'info en continu faisait une fixette sur telle ou telle poubelle en feu ? On veut plus voir ça, disait-on là-haut, se moquant bien de savoir que la manœuvre pour aller éteindre un misérable feu pouvait avoir des incidences importantes, ailleurs, dans le dispositif, laissant de véritables foyers s'embraser.

Dans la salle de commandement, Dhomme avait même fini par faire installer des écrans pour suivre les chaînes d'info, et devancer les consignes d'en haut : au fil des années, on avait fait de la place aux murs, ça devenait infernal, toutes ces chaînes, et puis, maintenant, il y avait les *live* sur Facebook, les Twitter en direct, des têtes brûlées qui pouvaient être suivies par des milliers de gens à l'instant T, télé-barricades – l'enfer, pour de bon, qu'une nouvelle cellule, Synapse, était chargée de suivre de près.

Dans la salle, les patrons des services donnaient leurs ordres. Pas de cris, aucun signe d'agitation, du tact et du ferme et des nœuds dans les nuques. Malgré l'encombrement des ondes radio, les bureaux ensevelis de notes, les multi-fenêtres des multi-écrans, une maîtrise froide flottait.

Le calme apparent ne disait rien de bon, c'était le calme de la défaite, pas celui des professionnels. Les ordres étaient contradictoires.

Aux CRS, on demanda de se retirer. Aux compagnies d'intervention, de tenir leur position. Sur le terrain, les commandants des uns et des autres faisaient remonter leur incompréhension, entre eux, ils disaient c'est quoi ce bordel ; sur les ondes radio, c'était plus policé, mais la Salle c'est la Salle, la Salle commande, dégagez, restez, je vous ai donné un ordre ; et le terrain cédait, aux ordres et aux émeutiers. Tous savaient que la Salle, c'est Dieu, elle a une vue complète de la situation, panoptique c'était le mot, tandis que sur le terrain, ce sont les disciples disciplinés, ils ne voient pas plus loin que le bout de leur rue – refus d'obtempérer, vraiment ?

Ça n'avait pas raté : la manœuvre avait offert de l'air aux contestataires. Ils avaient fondu comme un seul homme sur l'escadron esseulé. Tout était dévastateur pour l'Ordre : son infériorité numérique, le retournement de situation, le cafouillage du commandement, l'effet de surprise et le débordement indomptable. Une statue intérieure de l'Arc de triomphe céda sous les pavés, éborgnée ; les télévisions se délectaient, c'est Marianne qu'on assassine, et qu'importe si la statue n'était pas une Marianne, ni même un original, mais la reproduction en plâtre du *Départ des volontaires*, quelque part dans le pilier est.

Le préfet fit irruption dans la salle. Il voulait réunir ses directeurs, là, maintenant, tout de suite, il les convia dans une arrière-salle adjacente, sa *war room*. D'un geste réflexe, une main baissa le son de cette foutue AcroPol, l'Automatisation des communications radioélectriques opérationnelles de la police nationale, dont chacun savait que le crachotis avait le don de l'agacer. Si le préfet était monté ici, ce n'était pas pour parler tactique et remontées du terrain, je vous laisse ceci, vous savez mieux faire que moi ; c'était parce que le préfet voulait parler affaires, entre chefs, il voulait causer stratégie. Dhomme verrouilla la porte à double battant.

Le ton du préfet était d'une gravité sincère, il disait que la Préfecture devait tenir, qu'elle était l'ultime rempart de la République, le PR est tétanisé, le Premier ministre, dans les choux, et le ministre de l'Intérieur s'était annoncé par Twitter : il allait débarquer, pour faire ses duplex, depuis la Salle, une calamité, ça allait figer tout le monde, il fallait absolument régler ça avant.

— Est-ce bien clair ? martela le préfet.

La directrice du Renseignement de la PP fut la première à s'exprimer, pour ne rien dire. Ses services n'avaient rien vu venir, ce n'était pas utile de s'enfoncer et d'alimenter la risée-maison. Elle qui ne jurait que par les prévisions Facebook – le terrain chers collègues, il est là maintenant, Facebook – était devenue la tête de Turc de toute l'île de la Cité. Elle-n'avait-rien-vu-venir, fermez le ban.

Le directeur central des CRS avait bien son idée mais rappelait qu'il n'avait d'ordres à prendre que de la place Beauvau ; pas de la Préfecture, et qu'il n'était là que pour faire la liaison entre les deux institutions. Autour de la table, les autres le regardaient comme depuis toujours la Préfecture regarde les CRS, jaunes comme les liserés de leurs casques – des traîtres.

Le directeur de la Sécurité de proximité de l'agglomération parisienne, l'imprononçable DSPAP, se voulait rassurant. Il avait des hommes partout, ses BAC pouvaient saturer l'espace, et regagner l'Arc de triomphe en moins de deux, il suffisait de leur lâcher la bride, et ils feraient mieux que personne ce pour quoi ils sont formés : du saute-dessus. Le patron de la PJ se rangeait à son avis : ses BRI, c'est l'élite de l'interpellation, leur quotidien, c'est le grand banditisme, alors les petits gilets…

Dhomme bouillait, il savait pertinemment ce que ses collègues cherchaient : la bâtonnite, faire du chiffre ; une interpellation, un bâton ; une garde à vue, une statistique ; un déferrement devant le parquet, un pourcentage ; une condamnation, le pactole. C'était un autre président, Sarkozy, qui avait mis le système en place : la politique du chiffre, la police de la stat', la concurrence chez les Bleus, il fallait du rendement et des colonnes bien sages. La carotte, c'étaient les primes. Jusqu'à 84 000 euros, un commissaire parisien avait touché une année. Ses officiers avaient pris entre 500 et 1 000 euros, et chacun était fier d'être sur la photo.

Le DOPC fulminait, toutes ces testostérones devant le préfet, c'était du Las Vegas, de la vantardise devant le croupier, du fric facile, ça n'avait qu'un rapport lointain avec la République, avec l'idée qu'il s'en faisait.

« LA RÉVOLUTION NE SERA PAS AUTORISÉE »

Dardel compulsait son Twitter au moindre temps mort. Il savait cette attitude saine ni pour lui, ni pour sa santé, mais il se foutait bien de ces contingences ; le corps avait beau craquer, dire stop, le ventre ne jamais cesser ses nœuds, les jambes s'alourdir, Dardel s'en moquait. Il était tombé dans le Web dès ses prémices, et n'avait jamais lâché son écran. Il était très fier de ça – pionnier, c'est toujours bon à prendre, quels que soient l'eldorado et les défaites à venir.

C'était devenu machinal, c'était une addiction, le gazouillis de l'oiseau bleu, son crack, une saloperie qui monte au cerveau, décharge son plaisir, et laisse sur le carreau, jusqu'à la prochaine dose. Sa dépendance était sa façon, moderne et efficace, stupide et parfaite, de rester raccord avec les idéaux punk-rock de ses 17 ans. Tout à fond, et pas sérieux.

Sa vie avait basculé par l'hypertexte, une nuit de 1994, quand le bruit du modem avait enfin retenti, à 2 h 24, il avait noté l'heure, dans son studio de poche à Montmartre. Le linéaire deviendrait bientôt vestige, et Dardel aimait ça, les ruines ; tout deviendrait fractionné, libre, circulaire – fanzine et sauvage.

Le *shoot.*

Ce soir de décembre, son fil Twitter avait des allures de rapport militaire. Le sang giclait, gueules cassées et regards hagards, un corps étendu, des bandelettes de fortune, un gendarme soutenu par deux collègues, maintenant des vidéos, un premier cri, sourd, sorti des entrailles de Paris, les pavés de la place de l'Étoile – que la Ville avait toujours laissés, parce que infiniment plus esthétiques que du bitume, et parce que lieu infiniment sûr : qui donc aurait l'idée d'aller *émeuter* là-bas ?

Dardel assistait au spectacle, depuis son téléphone, et en toutes occasions. Gil Scott-Heron s'était trompé, la révolution serait visuelle et visible, certes pas télévisée, mais sur tous les écrans.

Ce que Dardel voyait défiait ce qu'il savait. Douze ans auparavant, il avait travaillé sur le maintien de l'ordre, un livre, un film, pour laisser une trace de son passage (neuf années) en Seine-Saint-Denis, qu'il avait quittée après les émeutes de 2005, dégoûté par l'indifférence de Paris ; prélude à son exil canadien. Une notification attira Dardel. Un nouveau tweet, qui allait tout changer :

Les scènes auxquelles nous avons assisté sont intolérables. La volonté affichée et assumée de s'attaquer à nos forces de l'ordre, aux symboles de notre pays, sont une insulte à la République. Soutien et confiance aux effectifs mobilisés.

Christophe Castaner, Ministre de l'Intérieur,
@CCastaner

Dardel décida de rentrer chez lui et de réveiller son ordinateur. Il zappa de chaîne d'info en chaîne d'info. Les experts expertisaient leur seule expertise véritable – l'art de la réplique et du non-dit qui meuble. Les titres surjouaient le drame, la République attaquée, la République souillée, la République menacée, pas un pour souligner l'ironie de l'Histoire : place de l'Étoile, premier sens giratoire de France et de Navarre, grande sœur des ronds-points. Ministres et députés se succédaient, à l'unisson : Paris avait-il brûlé ? Et comment, et combien de temps, et pourquoi, et par qui ? Qui étaient ces gueux, et ces factieux, ces dangereux et ces séditieux ?

Dardel attendait que le bulletin des nouvelles du front donne aussi des informations de l'autre côté de la barricade. Tandis que les JT jacassaient, de tweet en tweet, le rouge était de mise, champ de bataille et Champs-Élysées, une galerie des horreurs s'installait, sous ses yeux fatigués. Dardel y croisait des blessés, des légers, des graves, des indéterminés, une poignée de mutilés. Une jambe brisée, deux yeux crevés, et rien sur LCI.

Un tourbillon lui tendait les bras. Il se précipita, avant de laisser le doute le retenir. L'appel de la colère, et de la sidération.

En avant !

allo @Place_Beauvau – c'est pour un signalement 1

Manifestant gravement blessé, #GiletsJaunes
Tir lanceur balle de défense LBD40

Œil perdu.

Paris, Champs-Élysées, #ActeI
@EtienneDardel

« DISRUPTION GÉNÉRALE »

Dardel ignorait qu'il venait de se jeter dans un combat sans fin (un hebdomadaire, un mois plus tard, titra : « La Bataille de Dardel », référence benoîte à la débâcle allemande en 1945). Son premier signalement, c'était par bravade, c'était autant pisser dans un violon, ça ne durerait pas longtemps ainsi – non parce que le mouvement des gilets jaunes s'arrêterait fissa, Dardel avait senti dans le Tarn la *profondeur* des déterminations – non, ce qui ne pouvait durer, c'étaient ces folies policières qu'il compilait. Ces mutilés, mains arrachées, yeux crevés, bras broyés. Dardel ne reconnaissait pas les doctrines d'emploi qu'il avait longuement étudiées, ce maintien de l'ordre « à la française », mythe que la nation vantait à elle-même et vendait encore dans le monde entier, ou presque, quand il l'avait quittée pour Montréal. Dardel reprenait ses notes d'avant, et comparait avec la boucherie du moment :

Montrer sa force pour ne pas s'en servir,
Stricte nécessité de l'usage de la force,
Proportionnalité dans l'usage de la force,
Contenir la foule, ne l'attaquer qu'en dernier recours.

À son bureau, un meuble imposant à tiroirs double rangée, une vieillerie américaine rapportée du Canada, Dardel se sentait comme le sous-commandant d'une brigade civile, sans généraux, sans têtes, sans façon. Tout était impeccable, tout était rangé sous ses yeux, au seuil de la maniaquerie. C'était ça ou le chaos total, dans sa tête et autour de lui. Il s'était autoattribué les violences policières, sans rien demander à personne et sans que personne lui ait demandé quoi que ce soit. Tout ce soulèvement fonctionnait ainsi, prenant de court et de vitesse toutes les habitudes et toutes les certitudes.

Depuis toujours, Dardel avait un faible pour les statistiques. Adolescent, il passait ses étés sur les parkings à répertorier les voitures, une par une, modèle par modèle, marque par marque. Ce qu'il aimait, c'était l'exactitude ; c'était la visualisation, ça lui donnerait le goût du code, lui le littéraire, il était fasciné par les hackers, les pirates, il était un codeur de niveau zéro, il bidouillait, mais quand le code donnait le résultat escompté, Étienne Dardel était heureux.

Il savait le maintien de l'ordre obéissant à des règles strictes, dictées par le pouvoir politique. Aucune police n'était autant soumise à l'État que celle du M.O., elle incarnait l'État dans son essence. L'ordre, qu'il faut maintenir ou rétablir, c'est toujours celui de l'État.

C'est la raison pour laquelle Dardel adressait chacun de ses tweets @Place_Beauvau et non @PoliceNationale : l'affaire était politique, Étienne Dardel visait moins ceux qui maniaient les armes que ceux qui les armaient ; moins les flics que les politiques.

Un petit ampli Marshall jouxtait son ordinateur, relique de ses années *rock-critic*, à parcourir les routes angevines avec les Thugs et celles de Seattle avec Nirvana, avec la Mano Negra à Mont-de-Marsan ou les NTM à Angoulême, quinze années qui l'avaient forgé (« Peste brune / Et Nazis rouges / J'suis enfant de l'État / Et je me bats contre ça » chantaient les Bérurier Noir, contre tous les autoritarismes). Sur le Marshall, quatre figurines guettaient Dardel : deux en chiffons, un couple avec une kalash en bois et des passe-montagnes, façonnées au Chiapas, il les appelait Monsieur et Madame Marcos ; un Hugo Ball de papier, père de Dada et de toutes les déviances ; et un Elvis tout blanc, avec une tête de squelette, une bricole rapatriée du Mexique. Ce quatuor constituait à la fois la garde rapprochée de Dardel et ses commissaires politiques. Pas un jour sans que ces quatre jouets le mettent en joue : déconne pas Dardel, souviens-toi d'où tu viens.

Une nuit, au vingtième signalement @Place Beauvau, Dardel saisit que les principes du maintien de l'ordre qu'il avait connus avaient été pulvérisés. La police avait résolument changé de braquet et de doctrine, le pays qu'il retrouvait était radicalement différent, la domination n'était plus seulement sociale, économique, la domination était policière.

Le pays était devenu violent, sous l'œil complice de ses institutions. Il était devenu violent parce que les attentats, parce que les terroristes, et parce que l'union nationale étouffait la moindre critique. Il était devenu violent parce que l'antiterrorisme était devenu l'alpha et l'oméga de la vie politique, union sacrée, police partout, justice nulle part.

État d'urgence et *confusion totale*.

Il était devenu violent parce que les colères sociales ne trouvaient plus d'écho, ni de relais ; on avait fracassé les corps intermédiaires, écrabouillé les syndicats, criminalisé les militants. Sans soupapes, la cocotte explosait désormais et le couvercle qu'on lui imposait prenait les atours du bouclier CRS. Le pays était devenu violent parce que trente ans de débats sécuritaires l'avaient jeté dans les bras de la réaction en marche. Jusqu'à gauche, jusque chez ses amis, où Dardel pouvait désormais entendre tout naturellement des expressions nées à l'extrême droite – *droitsdelhommiste* en faisait partie –, étalon de la dérive d'une nation en perdition, où les batailles identitaires avaient écrasé les guerres sociales. D'une certaine manière, les gilets jaunes remettaient de l'ordre dans l'ordre des priorités.

Sept années d'exil et c'était le choc : Dardel n'avait pas vu le pays sombrer, il n'avait pas vécu les reculades une à une, tout lui explosait à la figure, *maintenant*, en une seule déflagration-révélation.

Le pays était devenu violent jusqu'à ne voir qu'une catégorie de violences, celle qui le mettait en cause. L'état d'exception était devenu la règle. Hormis quelques-uns, les médias, précaires ou concentrés dans les mains d'une poignée de milliardaires, courbaient l'échine ; comme leur audience, la désertion.

Dardel s'était fixé des limites : ne signaler que les cas de violences documentés – vidéos, photos, certificats médicaux, radiographies, plaintes. Il opérait en clinicien, à cœur ouvert dans une société qui s'enfermait. Il écartait tous les cas ambigus, les remontages vidéo, qui surjouaient la dramatisation ; à coup de ralentis ou de bande-son ajoutée (ça allait du hard rock à la techno, qu'il goûtait mal par ailleurs). De fait, Étienne Dardel savait en dessous de la réalité son *recapitweete* (il aimait bien ce néologisme, disant la nouveauté, et l'artisanat, personne hélas ne semblait le comprendre), mais cette exigence d'éléments et de preuves était le prix à payer pour rester cohérent et proposer quelque chose de sûr, un socle de contexte et de sources.

En quelques nuits, il avait changé de vie. Dardel était maintenant comme en mission, involontaire et bénévole d'un monde qui s'envole, attendu au tournant.

Procès-verbal GJ-56

NOUS : Arnaud X.,

Capitaine de police en fonction à la Direction du renseignement de la Préfecture de police

Mentionnons procéder ce jour à l'exploitation du système de vidéosurveillance mis en place le trente novembre deux mille dix-huit.

Rappelons que le dispositif était muni de trois caméras fixes dissimulées aux abords de l'Arc de triomphe, où devait se tenir une manifestation non déclarée le premier décembre, deux caméras étant destinées à constater sur l'axe Arc de Triomphe Champs-Élysées, les passages de piétons et de véhicules ; la troisième, face à l'Arc de triomphe, visant à constater le passage et les agissements des manifestants.

Précisons que les images enregistrées par le dispositif installé initialement sont inexploitables dans la mesure où les lancers de gaz lacrymogène obstruent fortement les angles de vue.

Sur le cas précis des investigations portant sur le ou les auteurs du graffiti *LES GILETS JAUNES TRIOMPHERONT*, les images s'avèrent également inexploitables pour les raisons sus-citées.

Remarquons néanmoins que l'auteur a agi seul, sous la protection objective des manifestants. Sa tenue vestimentaire, constituée d'éléments connus pour être la marque des mouvements black blocs (masque, lunettes de type ski, K-way noir et survêtement noir), ne permet pas de distinguer à cette distance son visage ou sa morphologie.

Dont procès-verbal.
Le capitaine de police.

« ILS ONT LA POLICE ON A LA PEAU DURE »

Le directeur de la DOPC grimpait le vieil escalier d'un pas alerte. C'était sa petite gymnastique, la dernière que son emploi du temps lui autorisait. Frédéric Dhomme courait pour rattraper le temps qui commençait à se perdre. Depuis combien d'années, déjà, connaissait-il chaque recoin des lieux, la moindre marche ébréchée, la plus fine des rambardes en bois et laiton ? Ses courses, c'était aussi sa façon d'honorer le sale surnom dont toute la maison l'affublait : lapin de corridor, à qui on reprochait de n'être pas homme de terrain. Dhomme se dirigeait maintenant vers le pont des Soupirs, c'est comme ça qu'il appelait le couloir suspendu au-dessus de la cour d'isolement de la Préfecture, couloir sans style qui menait au saint des saints, chez le préfet, dernière halte avant lamentation, et après triple badgage. Un lieu dont Dhomme connaissait les usages à la perfection : plus on badge, plus on baisse la voix.

Côté boulevard du Palais, au 5 et 7, c'était l'Hôtel du préfet, sur deux étages ; au deuxième, ses appartements de fonction ; au troisième, son immense bureau. Il fallait franchir les huissiers à chaînes, puis les doubles portes capitonnées et, enfin, il était là, droit sur sa moquette grise, préfet à petite taille, toujours très froid, pour le tête-à-tête hebdomadaire, 8 heures, chaque lundi, le petit déjeuner.

Sur le grand mur de son bureau, le préfet faisait admirer un buste de Napoléon, son maître en tout, à qui il devait tout, à commencer par les dorures de son poste. La sculpture rappelait ce que lui et ses invités devaient à Bonaparte, le créateur de leur Préfecture de police, née en 1800, je vous le rappelle, regardez, c'est écrit sur la gravure, « une administration pour réunir, entre les mains d'un seul homme, tous les pouvoirs de police de la capitale ». Outil idéal pour mater le bon petit peuple parisien.

À droite du buste s'étalait une carte un peu plus ancienne mais autrement plus ciselée que celle du bureau de Dhomme, une carte à motifs et estampilles. Des petits aimants racontaient les batailles à venir : ponts à tenir, ambassades à protéger, lieux de pouvoir à sécuriser, troupes et hommes, manœuvres et mouvements, barre-ponts, barrages anti-émeutes – une campagne de Russie en mouchoir de poche.

— Comment allez-vous, Dhomme ?

L'huissier venait de fermer la porte. Dans une minute, selon le rituel, la secrétaire viendrait pour déposer café et viennoiseries.

— Ça va, monsieur le préfet. Je veux dire… personnellement, ça va.

— Tant mieux, Dhomme, tant mieux.

— En revanche… policièrement…

Le préfet attendait, laissant Dhomme dans ses hésitations. Une technique de flic, apprise ici, dans la fourmilière PJ.

— Ce qui s'est passé samedi est intolérable, monsieur le préfet.

— Je ne vous le fais pas dire, Dhomme.

— Je veux dire…

— Oui ?

Le patron de la DOPC cherchait ses mots, selon son habitude, ces mots qui ont de l'importance, là plus que jamais, Dhomme jouait gros, son poste, autrement dit sa peau ; il voulait se sortir du guêpier mais sans froisser personne, surtout pas le chef, lui, le préfet, dont Dhomme estimait pourtant qu'il avait fauté en intervenant à tout bout de champ dans la salle de commandement. Si lui ne résistait pas à la pression politique, tout était mis à mal. C'était son travail, après tout. Ce qu'on demandait à un préfet.

— Je vais vous mettre à l'aise, Dhomme, sourit le préfet.

— Oui ?

— Vous n'êtes pas en cause nommément.

— Pardon ?

Le préfet fit le préfet, il prit son temps, il jouait la montre, avec délectation, comme ceux qui ont le pouvoir savent le faire.

— Ce n'est pas la DOPC qui est dans le collimateur, Dhomme, c'est toute la Préfecture. Vous m'entendez ? TOUTE LA PRÉFECTURE. J'ai été convoqué hier au Château, par le dircab du PR. Une avoinée, Dhomme, une avoinée. Voilà ce que j'ai reçu.

Le préfet reposa sa petite cuillère, dans un léger tintement.

Dhomme savait que c'était le signal.

Château.

Dircab.

PR.

Il jeta un regard par la fenêtre, celle de droite, la sixième, qui offrait une vue imprenable sur le portail du Palais de justice. Une ouverture majestueuse, aux huisseries élégantes, qui semblait dorénavant si seule, et si usée, depuis que le tribunal avait été transféré à l'autre bout de Paris. La contre-plongée sur le Palais n'avait plus rien à donner qu'une grille fermée, un bout de passé, vestige-prestige. Quelque temps auparavant,

Dhomme s'était interrogé sur le sens à prêter au symbole. En enlevant à la Préfecture sa moitié, la Justice, n'était-ce pas le coup fatal, le signe que la partie était perdue, deux siècles de règne sur Paris mis à bas ? *Fluctuat nec mergitur*, voulaient faire croire les effigies des lourdes portes en bois du bas, côté boulevard, que personne n'empruntait. Cette affaire de gilets jaunes, c'était ça : la survie de la PP.

— Et vous savez quoi, Dhomme ? Le président lui-même est venu nous rendre visite, pendant que je me faisais passer un savon.

Une vue imprenable, ça voulait peut-être dire ce que cela voulait dire, pensa Dhomme.

Les mots sont importants, n'est-ce pas.

Qui n'a plus prise ?

L'esprit de Dhomme divaguait. Il pensait aux petits verres d'alcool fort, offerts par le préfet, dans la salle des billards, les soirs d'après-tensions. Une salle magnifique, de tous les secrets, et où fut signée la capitulation allemande en 1944.

— Vous m'écoutez, Dhomme ?

— Bien sûr, monsieur le préfet.

— Le PR n'a pas du tout, mais alors pas du tout, goûté d'apprendre que les émeutiers étaient à cinquante mètres de chez lui. À cinquante mètres de l'Élysée.

— Je comprends.

— Ça, et l'hélicoptère du PR en attente, les pales en action, à Villacoublay, il n'a pas aimé, le président. Faire sortir les plans d'évacuation du Palais, les plans des égouts, non plus, faire vérifier dare-dare l'état des tunnels, celui vers Beauvau, et l'autre, rue du Faubourg-Saint-Honoré. Pas aimé. Du tout.

— Je comprends.

— Vous savez comme ils sont, les politiques : ils voient à la télé un camion de chez nous qui recule, ils pensent que c'est la République qui recule, alors que c'est juste une manœuvre. Ça devient intenable. D'ailleurs, j'ai dû donner tous les détails sur ce qu'a foutu la Compagnie de garde de l'Élysée, parce qu'un chroniqueur police a décrété que cette compagnie était fautive… La vôtre, je vous le rappelle, Dhomme. La vôtre, qui est sous votre commandement… Où étaient vos hommes, leurs armes en dotation, les ordres… Vous croyez, vraiment, Dhomme, que je suis là pour faire du micro-management ?

— Non, monsieur le préfet.

— Et ce fusil-mitrailleur que les casseurs ont subtilisé à vos hommes ? Il est où, le HK G36 ? On ne peut pas se permettre pareille bévue ! Et ces graffitis dans Paris, chaque samedi… *LES GILETS JAUNES TRIOMPHERONT* sur l'Arc de triomphe, en direct sur CNN, et nous incapables d'arrêter ces agissements… Vous connaissez la situation, Dhomme. Nous sommes assez fragilisés comme ça…

Frédéric Dhomme prit une inspiration inhabituelle, plus longue et plus fragile à la fois.

Il chuchota :

— L'affaire Benalla ?

— Oui, Benalla, votre ami Benalla ! Bien sûr, je plaisante, Dhomme, je sais que vous n'y êtes pour rien… Mais quel enfer, cette affaire ! Et s'il n'y avait que ça ! Les coups de butoir pleuvent comme vache qui pisse, Dhomme. Beauvau ne nous fera aucun cadeau. Désormais, l'Intérieur joue contre nous, ouvertement, de toutes ses forces. On a perdu le Renseignement, ils nous ont détricoté la PJ, fini le 36 quai des Orfèvres, ciao les génies du crime, et vous, Dhomme, bientôt, vous n'aurez plus que la circulation comme prérogatives ! Je vois ça d'ici, les titres du *Parisien* : « Le Grand Retour des Hirondelles dans Paris », « 22 v'là le Printemps »… Vous allez voir, Dhomme, si ça continue, l'ordre public, ça sera géré par d'autres, ailleurs… Les CRS, à Beauvau ; les perdreaux de la gendarmerie, je ne sais où… Et vous avez entendu, la mairesse de Paris ? Elle veut sa police municipale ! Du jamais vu. Elle ne cesse de me mettre en cause dans ses interviews, le préfet ceci, le préfet cela, les casseurs qu'on laisse faire… Je vous l'annonce, Dhomme, on n'aura bientôt plus rien, la clé sous la porte, comme en face…

Le directeur de la DOPC sentit le haut de son dos durcir. Il savait : courir les escaliers était insuffisant, il faudrait songer à muscler aussi les épaules et la nuque.

Machinalement, Dhomme laissa traîner le regard sur le bureau du préfet, à la recherche d'un signe ou d'un indice, n'importe quoi, un télégramme, une circulaire, une note, la chemise d'un dossier réservé, rouge (urgent), blanche (confidentiel), noire (urgent et confidentiel). L'un et l'autre connaissaient ce petit jeu par cœur et, question poker menteur, il était difficile de savoir lequel des deux dominait son adversaire.

À droite de la lampe Directoire, une pile intriguait Dhomme, ses dossiers semblaient suivre une logique qui lui était inconnue, et dans ses couleurs et même dans sa matière, ce n'était pas des chemises réglementaires, frappées du sceau PP, mais des Clairefontaine toutes banales, comme si on voulait en minimiser le contenu. À intervalles réguliers, le préfet en tirait des documents pour étayer ses propos.

Ça sentait le dossier administratif.

Le préfet passa aux affaires courantes. Les syndicats ? On les gère, le ministre va annoncer une prime de fin d'année, ça devrait les calmer. Les réseaux sociaux ? L'agitation habituelle… Les gauchistes du site Lundi-Matin qui tiennent leur insurrection venue. J'ai demandé aux Renseignements de les surveiller, ceux-là. Leur carte des lieux de pouvoir à Paris, faut stopper ça ! Et les fachos de Fdesouche, qui se mettent à rêver de martyr, un tué dans leur camp, voilà ce qu'ils veulent ; et au milieu, ce Dardel, un franc-tireur, dont on n'avait plus de nouvelles depuis des années, qui commence à trouver audience. La presse ? Atone, ou presque. On promet des reportages bloqués depuis des semaines, vingt-quatre heures avec la BAC, visite guidée chez les bœufs-carottes, plongée dans les laboratoires de la police scientifique et, coup de maître du service presse, on va envoyer tous les journaleux amis dans une caserne CRS : procéder à des tirs LBD sur cibles, entre camarades, ça tisse des liens.

— Au fait, comment va votre femme ? interrogea le préfet, sans prévenir.

Dhomme pivota légèrement pour se libérer de son regard. Il leva une nouvelle fois les yeux vers les immenses fenêtres. Le préfet savait pertinemment que leur divorce était à peine prononcé, que c'était difficile, l'effrontée avait décidé de balancer ses petits secrets, elle hésitait entre *Le Canard enchaîné* et Mediapart. Que le préfet lui parle d'elle, Dhomme savait ce que ça sous-entendait, il le mettait en garde : que rien ne sorte d'ici, cher ami.

— Elle va bien, répondit Dhomme.

AFP – Affaire Benalla – CHRONO
Paris, dates clés 2018

Affaire Benalla : chronologie de la crise qui fait trembler la Préfecture de police

1er mai 2018 : Alexandre Benalla, chargé de sécurité à l'Élysée, est filmé frappant un jeune homme et malmenant une jeune femme en marge des manifestations du 1er Mai, place de la Contrescarpe, dans le Ve arrondissement de Paris.

Censé être simple observateur, Alexandre Benalla est entouré de CRS. Il est coiffé d'un casque, porte un brassard de police et manipule un talkie-walkie, alors que ces deux derniers équipements sont normalement réservés aux forces de l'ordre.

2 mai : Le cabinet d'Emmanuel Macron, le ministre de l'Intérieur, et le préfet de police de Paris sont informés des violences commises par Alexandre Benalla.

18 juillet : *Le Monde* publie un article identifiant le garde du corps d'Emmanuel Macron, Alexandre Benalla, comme étant l'auteur des violences de la place de Contrescarpe.

Le soir même, trois policiers de la Préfecture de police de Paris extraient des images de surveillance montrant la scène du 1er Mai à la Contrescarpe sous un autre angle. Ils les remettent sur CD à Alexandre Benalla, pensant qu'elles pourront l'aider dans sa défense. Dans la nuit, des comptes Twitter anonymes macronistes publient des extraits de ces images.

19 juillet : Trois policiers, dont deux commissaires, sont suspendus à titre conservatoire pour avoir illégalement transmis à Alexandre Benalla, la veille, des images de vidéosurveillance de la place de la Contrescarpe le 1er Mai.

22 juillet : M. Benalla est mis en examen pour « violences en réunion n'ayant pas entraîné d'incapacité totale de travail », « immixtion dans l'exercice d'une fonction publique en accomplissant des actes réservés à l'autorité publique », « port et complicité de port prohibé et sans droit d'insignes réglementés par l'autorité publique », « recel de détournement d'images issues

de la vidéoprotection » et « recel de violation du secret professionnel ».

23 juillet : Auditionné par la commission d'enquête de l'Assemblée nationale, le ministre de l'Intérieur rejette toute responsabilité, affirmant que c'était à la Préfecture de police de Paris et à l'Élysée de prendre des sanctions contre Alexandre Benalla.

Entendu, le préfet de police de Paris impute l'affaire à des « dérives individuelles inacceptables [...] sur fond de copinage malsain » et estime qu'il appartenait à l'Élysée de trancher le cas Benalla. Un membre de la Direction de l'ordre public et de la circulation à la Préfecture (DOPC) est lui aussi auditionné.

3 août : Lors de la perquisition de l'appartement personnel d'Alexandre Benalla, les policiers découvrent que son coffre-fort a été déplacé. Il est manquant.

« ÉCHEC ÉMEUTE : LA BATAILLE DE PARIS »

France et souffrance,
France sans le sou,
France du dessous.

Dardel griffonnait des petites notes, samedi après samedi, comme autant de béquilles imaginaires, qui lui permettaient de tenir. À quoi lui serviraient ces notules ? À rien d'autre qu'à rester sur le qui-vive, avec les seules armes qu'il maniait depuis toujours, des mots pour le dire. C'était sa façon d'évacuer le stress – et de repousser le carnage qui lui explosait à la figure, vidéo après vidéo.

Chaque samedi portait un nom et un numéro : gilets jaunes acte I, gilets jaunes acte II, gilets jaunes acte III, acte IV, V, bientôt VI et VII. Personne n'était capable de savoir qui avait eu une telle idée, la France dans la rue, au théâtre de boulevard, elle avait surgi sur Facebook. Cette mise en scène du pays par lui-même figurait parmi ses manques outre-Atlantique. Dardel aimait le dire à son entourage québecois : il n'avait pas la nostalgie du pays, mais celle de sa coquetterie à se raconter, sur la chaussée, à intervalles réguliers.

Sauf que, cette fois, la pièce semblait sans fin, la pièce s'étirait comme quelque expérience passée de l'avant-garde. Dardel, né en 1968, n'avait jamais connu rien de tel, acte après acte, samedi après samedi, le peuple se pressait. À Paris, à Nantes, à Rennes, à Toulouse, Bordeaux, Montpellier, Lyon, la France tirait le rideau rouge et les fantassins brûlaient les planches.

Chaque acte charriait son lot de blessés ; chaque samedi, ses pleurs, ses cris, son sang, ses coups, et ses mutilés qui finissaient sur le fil Twitter de Dardel. Fin décembre 2018, acte VII, il en était à plus de cent cinquante, et tout le monde s'en moquait, ou presque. Le fossé entre le discours officiel et la réalité de terrain s'évertuait à ne jamais se combler. Les dominants dominaient, table ouverte partout ; quand les dominés tombaient sous les balles des LBD.

Dix avaient perdu un œil ; trois, une main ; et des dizaines porteraient à vie des séquelles de leur bataille. Voilà comment Dardel jugeait les événements : un front, deux camps, une guerre sociale, et la technologie au milieu. Caméras de surveillance, réseaux sociaux, bornes sur écoute, smartphones ; la seule nouveauté était là, le reste dupliquait l'Histoire, le vieux pays du Vieux Continent rejouait ses barricades de 1848 dans un décor de 2018, gueux d'hier, ceux-qui-ne-sont-rien d'aujourd'hui, fainéants de maintenant, comme avait déclaré le président.

Au milieu de l'indifférence, Dardel avait bien eu les honneurs d'une émission télé en prime time. On l'avait vu, les cheveux en bataille, la silhouette courbée, perpétuel roseau en avant, son ordinateur sous le bras, un Linux, logiciel libre, descendre les Champs-Élysées, inspectant les troupes policières comme un commandant en déroute, la caméra faisant office de bâton de maréchal, dans un improbable défilé inversé.

Au garde-à-vous, dents serrées, les CRS et les gendarmes, qui laissaient faire le trublion, pointant toutes les entorses au règlement (« lui, le civil, il n'a pas de brassard ; lui, le CRS, pas de matricule ; elle, la bacqueuse, elle vise la foule à hauteur de visage avec son LBD »). Dardel exultait, il virevoltait, moqueur et fanfaron comme un enfant fier de son coup, seul contre tous, au point que sa femme, elle aussi de toutes les manifestations, discrète et vigilante, lui souriait, d'un sourire qui lui faisait signe de rester calme. Dardel s'exécuta, par confiance et amour fou. Hanna était plus belle que jamais, silhouette noire, rouge à lèvres vif, toujours si sûre et si alerte, sur ces Champs-Élysées dont il saisit enfin la plus belle beauté du monde supposée, sur fond de chaussée retournée, occupée, jonchée de cadavres de grenades lacrymogènes, de drapeaux déchirés, cannettes, lunettes et folie humaine.

Dardel moquait aussi la sortie des véhicules blindés à roues de la gendarmerie, ces VBRG annoncés par le ministre de l'Intérieur toute la semaine, aidez-moi à les compter, demandait-il à des hommes en tenue, impavides. À ses yeux, l'irruption de ces minichars, une première depuis les années 1960, était le signe d'une dramatisation, en aucun cas elle ne relevait d'un besoin tactique. La guerre était sociale, pas encore totale. Un manifestant s'était approché, et lui avait déclaré : *On n'est plus innocent quand on a vu la violence légitime, la violence légale, celle de la police*. Au montage, la scène fut coupée.

Toute cette séquence, après tout, n'était que cela, intimidation, et Dardel le comprit au moment de la diffusion du reportage, le jeudi suivant : c'était une mise en scène à deux lames, celle de l'équipe TV, qui voulait en découdre avec les petits camarades de sa propre rédaction, refusant d'évoquer les violences policières au journal télé, et celle de la Préfecture qui vendait une démonstration de force, à coup d'images de détermination et de professionnalisme, après le fiasco de l'Arc de triomphe. La Préfecture avait placé deux commandants, un homme, une femme, aux traits fins, sourires larges et gestes sûrs, à l'instant précis de l'évacuation des Champs-Élysées, quand il ne restait plus que dix irréductibles et deux cents caméras. Ces deux-là s'étaient avancés vers Dardel, rassurants, fermes et aimables, monsieur, veuillez quitter les lieux, la manifestation illégale est terminée.

C'était bien joué.

Que certains prennent pour prétexte de parler au nom du peuple – mais lequel, d'où ? Comment ? Et n'étant en fait que les porte-voix d'une foule haineuse, s'en prennent aux élus, aux forces de l'ordre, aux journalistes, aux Juifs, aux étrangers, aux homosexuels, c'est tout simplement la négation de la France ! L'ordre républicain sera assuré sans complaisance car j'attends de chacun ce respect indispensable à la vie en société.

Vœux présidentiels
Emmanuel Macron, 31 décembre 2018

Procès-verbal GJ-7798B

NOUS : Joseph D.,

Capitaine de police en fonction à la Direction du renseignement de la Préfecture de police

OBJET : Renseignement anonyme.

Ce jour, sommes avisés par une source désirant garder l'anonymat qu'un membre important de la mouvance anarcho-autonome d'ultra-gauche serait responsable de nombreux graffitis dans la capitale, en marge des manifestations des gilets jaunes.

Il s'agirait de la dénommée Nelly Gontier, dite « Vicky », née à Albi (Tarn), le 7 août 1978, documentariste de profession.

Défavorablement connue de nos services, l'intéressée a été repérée à plusieurs reprises sur des actions clandestines à Notre-Dame-des-Landes, ainsi qu'à Rouen et Nantes.

Selon notre source, Vicky Gontier pourrait se rendre prochainement dans quelques villes-fiefs du mouvement, comme Toulouse ou Bordeaux.

Nelly « Vicky » Gontier vit rue Sorin, à Saint-Denis, Seine-Saint-Denis (93).

Dont procès-verbal.

Le capitaine de police.

« LIBERTÉ ÉGALITÉ BRASIER »

Dardel s'était octroyé un moment de répit. Un bain, pour calmer ses jambes, trop restées assises, trop pliées, douloureuses. Il avait plongé dans l'eau brûlante en fixant le goutte-à-goutte du robinet. Le petit *ploc* qui rythmait d'ordinaire ses lectures l'agaçait cette fois. Le métronome lui rappelait les tirs de LBD, c'était le même bruit sourd, la même cadence – *ploc, ploc, ploc*. C'était un samedi, jour d'Acte, Dardel en avait soupé toute la journée de cette sale mélodie.

Il ferma les yeux une poignée de secondes, le temps de s'imaginer reposé, avant de tendre le bras pour attraper son Huawei, son nouvel ami chinois.

Ce que Dardel appréciait le plus dans son dernier joujou, c'était sa manière de vibrer à chaque clic. Du doigt au cerveau, de l'homme à la machine, l'interface parfaite, le dialogue était permanent, un pouls numérique, doux comme l'eau qui soulageait son corps. Les notifications avaient un petit rien de promesse vitale, une vibration sanguine.

Le 08/01/2019 à 02:48, Nathalie S. a écrit :

Monsieur Dardel,

Je suis la sœur de Kevin qui a pris cet après-midi un tir de Flash-Ball dans la joue. Je sais pas si vous êtes au courant. Mon frère sortait de Go Sport, à Cahors. Il n'avait rien à voir avec la manif. Kevin faisait les soldes. Nous sommes actuellement à l'hôpital. Nous attendons la fin de l'opération. Une gilet jaune, qui était à côté de lui, nous a donné une vidéo, en nous disant qu'on pouvait vous faire confiance. La voici. Nous ne savons pas quoi faire. Pouvez-vous nous aider ?

Nathalie

Dans la chambre qui jouxtait sa salle de bains, Dardel entendit son plus jeune fils se retourner dans son lit. Il l'avait emmené dans son restaurant préféré, pour tâcher de rattraper le temps perdu. Ça n'avait marché qu'à moitié, le petit avait bien pris un lady elizabeth, un cocktail mangue-noix de coco pour faire comme les grands, mais il avait fondu en larmes aussitôt, en voyant son père pianoter sur son téléphone. Il avait accepté les après-midi seul, les attends-une-minute-j'arrive, mais ce téléphone, une énième fois, sur la table du restaurant, c'était trop. Dardel l'avait rangé dans sa poche, sentant les notifications s'accumuler, tu vas voir, on va passer une bonne soirée fils, Dardel le pensait vraiment, le voulait plus que tout, mais il était submergé, l'esprit ailleurs, piégé dans ses signalements – il le savait : le mal était fait, et la nuit serait courte.

Dardel se redressa, le bain fit un vague remous, et il se décida à enclencher la vidéo.

La balle avait laissé un trou net, un impact parfaitement rond, et parfaitement reconnaissable, sur le profil droit, la joue noire pissait le sang, ça jaillissait de partout, sur le blouson flambant neuf, sur le sac de courses Go Sport, sur la main du jeune homme. Kevin marchait, stoïque et perdu, sous une pluie de cris hors champ, un téléphone dans sa main, encore du sang, à attendre qu'on lui réponde, sa mère ou sa sœur peut-être, Dardel imaginait le pire. L'adolescent parlait, parlait, et n'arrêtait pas de demander à son ami, qui filmait lui aussi :

— Rachid ? Rachid ? Ma mâchoire, elle est comment ? Elle est comment ?

— Wesh… T'as un sacré trou… Ouh là là…

— Rachid, il est gros comment, le trou ?

Dardel ferma les yeux, priant que son fils ne l'entende pas sangloter.

allo @Place_Beauvau – c'est pour un signalement 182

Kevin a 15 ans, 6h d'opération, #LBD40
Sa famille vient de m'écrire : « Mâchoire en bouillie, plusieurs broches. Il en a pour 6 mois en se nourrissant essentiellement de liquide. »

Cahors, #ActeVIII
@EtienneDardel

Procès-verbal GJ-289C
Retranscription des notes du carnet de Dardel Étienne (sur base photographique)

NOUS : Arnaud X.,
Capitaine de police en fonction à la Direction du renseignement de la Préfecture de police

Tribunal de grande instance de Paris, chambre des comparutions immédiates.
Choses vues.

Première visite des lieux depuis le déménagement du Palais. L'autre sentait l'Histoire, celui-ci l'ennui. Édifice sans intérêt, genre hôtel de chaîne avec spa, blanc immaculé, comme s'il voulait certifier sa virginité. On y condamne pourtant à marche forcée, comme dans l'ancien. Rien ne change.

Premier cas de gilet jaune jugé, cet après-midi : Juliette S., 26 ans, brune, T-shirt noir, au RSA.

Arrêtée boulevard Haussmann, à Paris, samedi en début d'après-midi, dans le cadre des contrôles généraux autorisés par le procureur. La procédure est complexe, son dossier comprend bien un PV d'interpellation, mais pour un… homme. Un homme arrêté au même moment qu'elle, transporté dans le même fourgon qu'elle, mais qui n'a rien à voir avec elle. Juliette est accusée d'outrage, « enfoirés, connards », à l'encontre du policier dispatcheur des gardes à vue. La prévenue précise : « Il n'y a pas eu de notification de mes droits, ils ont rempli le PV d'audition sans moi, en cochant les cases pour moi… Alors, après deux heures où je suis serflexée, avec une épaule en position très désagréable, mes mains sont gonflées, bleues, j'ai excessivement mal, les policiers se foutent de ma gueule… Je leur ai crié dessus, oui, mais pas insultés… Ils ont fini par enlever les Serflex, pour prendre mon sac. »

Le juge fouille son dossier :

« Et dans votre sac, il n'y avait pas de kit manifestant… »

La salle rit.

Pas la procureure qui réclame deux semaines de travail d'intérêt général.

Le tribunal la relaxe et annule la procédure. Juliette a passé trois nuits en détention pour rien.

« QUAND ON A QUE LES MURS »

Vicky avait ficelé son sac à dos. Elle comptait laisser son téléphone à la maison, pas la peine de faciliter le boulot des bâtards. Vicky s'était déjà fait avoir, lors d'une interpellation, deux ans avant, tout son portable était passé à la valise XRY, elle avait vu sa vie défiler, épisodes qu'elle croyait effacés compris.

ACAB.

All cops are bastards.

Vicky jeta un regard au miroir de l'entrée, petit geste de sa main droite sur son front, elle sourit, sa bague caressa sa tempe, ses cheveux blonds étaient comme il se devait : attachés, prêts à en découdre ; elle se sentait comme avant chaque manifestation – radieuse. Ses lèvres, aussi, étaient prêtes, à bondir et à crier.

La sonnerie retentit à ce moment-là.

Vicky hésita. Elle et sa mère, tout les séparait, une ancienne socialo, bénévole aux Restos du Cœur, devenue colleuse d'affiches pour Marine. Sa mère disait qu'on les avait jamais essayés, *eux*, le Rassemblement national, et qu'elle, Marine, c'était différent, surtout, c'était une femme et ça aussi, on n'avait jamais essayé. Son virage à l'extrême droite avait scellé leur éloignement. Mère et fille s'étaient brouillées à jamais autour de la mort de Rémi Fraisse, fauché par une grenade de gendarmerie à Sivens, à trente kilomètres au nord de Graulhet, chez la mère de Vicky. Un dommage collatéral, avait pronostiqué Jacqueline Gontier ; un assassinat d'État, avait sèchement répliqué Vicky.

Paris, le gauchisme, les documentaires, pas un métier, ça, la mère de Vicky avait dit non à tout et le père, un ébéniste assez dingo pour menacer ses mauvais payeurs à coup de tronçonneuse, avait fait comme à son habitude, emmerde pas ta mère, Vicky.

— Allô ? fit Vicky, avec sa fermeté habituelle sur le A, et sa fébrilité sur le lô dès qu'il s'agissait de sa mère.

Elle l'appelait pour lui donner des nouvelles de ses nouveaux amis, ceux des ronds-points, nos réu-cabanes, comme elle disait : les gilets jaunes – ceux qui pourraient, enfin, les aider à recoller les morceaux, elle et Vicky, Vicky et elle, l'union dans l'adversité, le mouvement comme ciment.

Vicky n'avait pas osé dire la vérité à sa mère, trop fière pour ça, ou trop absorbée par ses déboires avec ses producteurs, des fils de qui jouaient les radicaux, et allaient à la soupe, aussi lâches que les autres. La vérité était que Vicky était passée à côté des gilets jaunes, au départ. Elle disait avoir une bonne raison : à Paris, y a pas de ronds-points, hormis la place de l'Étoile, riait-elle ; une façon de dire que cette réalité-là, dans un Paris sur-gentrifié, était *invisible*. Elle s'était même surprise à partager la cécité coupable des journalistes : parisiens-centrés, adeptes du statu quo, moralement et *physiquement* proches du pouvoir, à quelques encablures de l'Élysée.

Depuis, Vicky s'était rattrapée. Elle avait étudié la vidéo de Jacline Mouraud, cette femme aux airs d'assistante de direction à lunettes et robe à pois, qui avait lancé la révolte, *Qu'est-ce que vous faites du pognon des Français ?*

Elle suivait aussi Priscillia Ludosky, Ingrid Levavasseur, et d'autres, toutes ces femmes, la gent féminine en avant ; Vicky aimait ça, enfin des femmes activistes, au-delà des #MeToo. Elle aimait la modernité du combat, et puis, maintenant, ça débordait, maintenant ça bardait, Vicky pouvait entrer en jeu ; son site fétiche, LundiMatin, fournissait théories et carburant. Elle avait tenté de discuter avec sa mère de *Mythopoétique de l'émeute*, un long article anonyme sur l'art des barricades – en vain.

Sa mère restait légaliste et ne goûtait pas la bataille du pavé, bien qu'elle avait consenti à reconnaître qu'il était temps que la révolte se passe dans les beaux quartiers, ça remonte à quand la dernière fois, avait-elle demandé, à la Commune avait répondu Vicky.

Jacqueline disait que ça finirait mal, ces histoires de raquettes de tennis pour renvoyer les lacrymogènes ou ces clubs de golf pour relancer les grenades, ou encore ces skateboards en guise de boucliers, et ces nouveaux engins… ces trottinettes électriques balancées sur les CRS, des engins par destination, comme elle avait entendu dire à la télé un syndicat de police bien remonté ; Vicky, ça finira mal.

— Et ce Dardel, tu en penses quoi ma fille ?

Vicky avait pensé qu'il était d'abord un journaliste, un idiot utile au mieux ; un traître au pire. Elle s'était demandé qui était ce mec, ce qui le motivait. Elle avait envisagé un temps que si on le laissait faire son travail, c'est qu'il pouvait servir les forces de répression ; après tout, sa galerie des horreurs constituait un beau tableau de chasse du ministère de l'Intérieur – et un magnifique épouvantail à manifester. Gouverner, c'est décourager les autres, disait-elle.

Jusqu'à ce qu'elle ait vu le même Dardel, épuisé, fondre en larmes sur un plateau télé. Il pleurait sa solitude et un gamin de Cahors massacré par un LBD ; comme, elle, Vicky, qui était passée à l'action après la rafle de Mantes-la-Jolie, où cent cinquante lycéens en grève avaient été filmés, à genoux, forcés, bras sur la tête, moutons noirs d'une société blanche, en survêtement et en survie, banlieusards maudits, un alignement désastreux ; et cette caméra, fière d'elle, qui filmait, un téléphone de piètre qualité, qui ajoutait de la violence à la violence, « voilà une classe qui se tient sage », lâchait le réalisateur – un flic. Une humiliation postcoloniale, à prendre pour ce qu'elle était : un appel à la révolte.

C'était la force du moment ; en protestant, les gilets jaunes avaient tissé des liens et retissé des parentés. L'hiver était à la fois le plus doux du siècle, et le plus dur dans la rue. Vicky aimait ces paradoxes. Le mouvement emportait tout, réveillons de Noël et convictions de toujours, samedi après samedi, acte après acte, tout était en jeu, jusqu'à quand les jaunes pourraient-ils tenir leur entêtement ? Et le gouvernement retenir son effondrement ?

Le pays se déchirait, pour un simple gilet, un peu de visibilité, depuis qu'un aficionado de tuning avait lancé l'idée sur Facebook, Vicky connaissait aussi sa vidéo par cœur, on a tous un gilet jaune dans la bagnole, foutez-le en évidence sur le tableau de bord, on sort les trompettes, on fait comme une Coupe du monde, on s'amuse, on bloque tout. *ON BLOQUE TOUT.*

La France sortait soudain de sa torpeur, et maintenant des gilets jaunes s'affichaient en Belgique, en Allemagne, en Serbie, en Égypte, en Irak, et Vicky et sa mère, enfin, retombaient d'accord. Tout ce bazar était un bonneteau familial, et national.

Illettrés, foule haineuse, peste brune, factieux, putschistes, décérébrés, homophobes, racistes, séditieux, aucune de ces attaques n'avait prise ni sur elles ni sur le mouvement. Ces intimidations de masse creusaient précisément le fossé entre *eux* et *nous*, Paris et la Province, les riches et les qui-ne-sont-rien ; elles agissaient comme des aimants.

Mais Vicky ne pouvait se résoudre à croire que tout était réglé ; à 40 ans, elle savait qu'il était trop tard, ou trop tôt, pour remercier sa mère. Le gouffre restait trop grand ; et l'émeute, trop belle. Elle avait préparé ses slogans pour l'acte du jour, le XIIIe, ça porte chance, appris par cœur, ne jamais laisser de trace, Vicky était vigilante. Ses tags disaient le fossé qui les séparait, malgré tout, les abeilles et les bourdons, les jaunes et les black blocs, les révoltés et les révolutionnaires :

SATURDAY AFTERNOON FEVER
STATUE DU CASSEUR INCONNU
VOUS CASSEZ NOS VIES, ON CASSE VOS VITRES !

Vicky raccrocha, ultime regard dans le miroir, dernières vérifications du barda, masque de ski et bombe de peinture, sérum phy et K-way. Dans l'escalier, elle salua son voisin, un pépé aimable et un peu insistant, un ancien cégétiste revenu de tout, il avait un faux air de son père, elle se dit qu'une tronçonneuse sans guide-chaîne, ça serait amusant, ça ferait du bruit, devant l'Assemblée nationale. Pour l'Assemblée aussi, elle avait concocté un graffiti :

L'ÉTAT DICTE À TORT

Vicky écouta à peine les encouragements de son voisin. Bien sûr qu'elle ferait attention, mais elle n'allait quand même pas rater l'occasion. Depuis qu'elle était née, tout le monde disait ça va péter, et ça ne pétait jamais. Jamais vraiment. Quarante ans comme ça, de chômage de masse, de rigueur budgétaire, d'injustice sociale, de saloperies fiscales… Aujourd'hui, c'était différent ; c'était *possible*.

« VOUS NE NOUS ATTRAPEREZ PAS : NOUS N'EXISTONS PAS »

Dardel caressa sa barbe naissante, trois poils qui se battaient en duel depuis quinze ans et qui depuis quinze jours blanchissaient en bataille. Sur Twitter, les trolls étaient de sortie, Dardel commença à les bloquer à tour de bras, après sommation, disait-il. Les attaques fusaient, la plupart venues du camp présidentiel, mais pas seulement, on l'accusait de *putaclic*, de buzzeur à la petite semaine ; certains allaient jusqu'à insinuer qu'il était payé par l'extrême gauche, ou l'extrême droite, assurément par une obscure officine de l'anti-France.

On lui promettait aussi un prix du journaliste de l'année, lui sans carte de presse depuis plus de dix, des ONG lui faisaient des appels du pied. Dardel n'était pas dupe, il savait que tout ceci finirait en feu de paille, qu'une séquence nouvelle viendrait balayer ses efforts. Il savait que la Machine n'allait pas tarder à tout mettre en œuvre pour le broyer, c'était le prix du baiser qui tue.

Il avait perdu des amis, qu'est-ce que tu fous avec ces connards jaunes ? C'était pourtant une évidence pour Dardel : leur précarité renvoyait à sa relative incertitude économique. C'est parce que je suis indépendant, avançait Dardel aux siens, que je suis plus proche d'eux que vous ne l'êtes. Dardel avait besoin de faire la leçon pour tirer les siennes. Ce n'était pas toujours plaisant, mais c'était sincère.

Une nouvelle notification venait de retentir, elle apportait son lot d'angoisse et d'excitation. Qui était-ce ? Et quoi encore, et quoi à nouveau ? Une victime désemparée, ou un salopard qui voulait le piéger ?

C'était la sœur de Kevin. Elle apportait de bonnes nouvelles. Les chirurgiens avaient révisé leur diagnostic, Kevin en aurait finalement pour deux mois et demi à manger à la paille et non six, comme annoncés au sortir de l'opération ; ma mère et moi sommes très soulagées, on a aussi été contactés par la police qui compte mener une enquête, nous sommes convoqués et ils nous aideront dans les démarches (plaintes, etc.), les frais d'hospitalisation, aussi, ils nous ont dit, ils seront pris en charge par la police.

Dardel partit dans un rictus, et un souvenir. Il connaissait le tour de passe-passe, il connaissait les méthodes de la police des polices, les bœuf-carottes qui disaient venir au chevet des victimes, dès l'hôpital, pour leur bien, pour que l'enquête progresse vite. Tu parles ! Ils voulaient leur dicter leur déposition, minimiser ce qu'avaient fait leurs collègues.

Dardel regarda la nouvelle photo de Kevin, il est très fatigué et c'est une chance qu'il ne soit pas défiguré, avait noté sa sœur. Dardel ouvrit le cliché dans un logiciel de retouche photo. Il hésitait sur la couleur, il s'arrêta sur le gris, sans raison apparente, le noir lui semblait trop morbide, le blanc, trop voyant. Son réflexe était celui d'un père, pas d'un journaliste, qui savait devoir protéger l'identité d'un mineur.

Dardel barra les yeux de l'adolescent, signalement 202.

Une heure après, son visage barré surgissait sur les chaînes d'info.

« LES RÈGLES ONT CHANGÉ, LES LOIS C'EST DU PASSÉ »

Frédéric Dhomme connaissait l'adage, et les usages maison : on n'est trahi que par les siens. Serge Andras, un flic de la nouvelle école, toujours à la lisière de la légalité, toujours dans le coup, lui devait tout. Ils s'étaient fait la courte échelle ; ascension double et parallèle, Dhomme, à la PP ; Andras, dans le syndicalisme ; ensemble dans l'adversité, unis dans la Citadelle assiégée, comme Dhomme appelait les lieux.

Serge Andras avait même assisté au moment clé de la carrière de Dhomme, la nuit qui allait le propulser dans les hauts rangs, le genre de tournant qui ne se présente qu'une fois et se négocie pour toujours. C'était dans leur commissariat d'Argenteuil, le ministre de l'Intérieur de l'époque était venu faire la tournée des popotes, son sport favori avec le vélo. Le ministre voulait s'assurer que sa nouvelle doctrine du maintien de l'ordre était bien à l'œuvre. Sur la dalle qui l'avait mené au commissariat, Sarkozy avait rencontré quelques difficultés, des gamins qui le huaient, fiers d'affronter le *boss*, Sarko, on t'encule ! Sarko, on t'encule !

Dhomme se tenait à la droite du chef, prêt à faire rempart, il connaissait l'enjeu de l'événement – six jours de préparation, les toits des immeubles fouillés, les cages d'escaliers inspectées, les dealers écartés, moyennant marché (paix sociale d'un soir contre stabilité du petit commerce pour une semaine). Dans son commissariat même, Dhomme avait fait le ménage, fourguant dans son tiroir la gravure de sa loge maçonnique, Dhomme était un fidèle de la Fraternité, et donnant congé aux petits malins qui trouvaient fin de faire le salut nazi à l'appel.

Sarkozy avait le visage des grands soirs : déterminé, ni tout à fait fermé, ni tout à fait détendu. Les projectiles qui pleuvaient sur lui annonçaient du beau temps, l'avenir avait un nom, le Plan anti-violences urbaines. C'était un choix policier, un choix politique, Nicolas Sarkozy entendait renforcer la présence des forces mobiles dans les quartiers. CRS, gendarmes allaient devoir travailler par rotation, sur des périodes longues, de jour comme de nuit, en renfort des BAC. À Dhomme, le ministre expliqua que la gauche était morte, que les manifs à la papa, c'était du pipi de chat, que les services d'ordre syndicaux géraient ça fort bien, les cons, disait le ministre, ils se prennent pour des flics ; et qu'il fallait savoir gérer les hommes en manager, réaffecter tout ce beau monde, le maintien de l'ordre, maintenant : c'est Flash-Ball et Kärcher, vous êtes d'accord, Frédéric ?

Dhomme était électrisé, son visiteur du soir était la preuve vivante que la rumeur disait vrai : c'était le messie, littéralement, le petit gars descendu du ciel, enfin du côté des disciples, et pas des mécréants, ça changeait des autres mous du genou. Il le regardait comme le sauveur, enfin un ministre à la hauteur, je suis le premier flic de France, répétait Sarkozy, verset parfait, Frédéric, rien ne m'arrêtera…

Dhomme, inquiet, regardait le chemin qui les séparait de l'abri, le commissariat. Il calculait les mètres, et les secondes ; les pierres, et les insultes. Le ministre ne se souciait de rien, il se savait *rock star* ici, à lui les groupies ; aux videurs, les resquilleurs. Il fendait la foule, levait la tête à nouveau, ses gardes du corps s'occupaient du reste, en cas d'erreur, sanction suprême ; en cas de victoire, montez dans mon équipe, Dhomme, j'ai besoin de gars comme vous…

Il devait être 23 heures, ce soir d'octobre 2005, alors que Dhomme invitait le ministre à découvrir son antre, une femme, à son balcon, l'apostropha. Dhomme s'en souvenait comme si c'était hier, vous vous rappelez, Serge, ce que je vous ai dit, Serge s'en souvenait, putain, qu'elle fasse pas chier, la vioque ; l'expression avait pris Dhomme par surprise, lui d'ordinaire si précieux.

— Vous en avez assez de cette bande de racailles ? demanda le ministre. Eh bien, on va vous en débarrasser… bonne soirée, hein…

Avoir assisté à cet évenement tenait du miracle pour Dhomme, et du galon pour Andras ; de quoi ravitailler pour les deux des discussions sans fin, entre connaisseurs, oui, Argenteuil, les racailles, oui deux jours avant les émeutes de 2005, Zyed et Bouna, les gamins électrocutés de Clichy, on y était, on en était.

Dhomme avait sauté sur la proposition, il était devenu un Sarko boy, comme tant d'autres, aujourd'hui encore, un de ces Sarkommissaires, des gars qui tenaient toute la maison. Andras avait suivi, toujours une classe en dessous.

Mais quelque chose tournait mal, désormais, quelque chose qui relevait bien plus que du désaccord entre le chef et le sous-chef, entre le directeur et le syndicaliste ; il y avait de la distance dans l'air, peut-être même que cet air était chargé d'insurrection, la faute à ces gilets jaunes.

Andras parla le premier, il avait un sac à vider, et le sac débordait. Les vacations de vingt-trois heures, sur les Champs-Élysées, les collègues obligés de se pisser dessus, vous m'entendez, pis-ser des-ssus, parce qu'ils avaient interdiction de quitter leur position, et les plateaux-repas, à 11 heures, un jus de fruit à l'eau avec surtout beaucoup d'eau, un Mars, et des chips, mais comment vous voulez qu'on tienne, comment vous voulez qu'on soit sereins ? En face, c'est des sérieux. Des combattants. Véritables. Ils viennent à l'affrontement et jouissent de notre inaction. Comme des salopes.

Dhomme opinait, un peu las, entre condescendance et absence, maudite douleur à la nuque. Il défendait mollement l'institution, usant des expressions qui avaient le don de rendre Andras plus furieux encore, obligation de rendre compte, les éléments portés à ma connaissance, aucun fait ne m'est remonté.

Andras était en roue libre, on en a marre de pleurer les ordres sur les ondes, d'attendre des plombes pour sortir les gommes à effacer le sourire, d'être à court de munitions pour les LBD, comme samedi dernier, bordel, à attendre que les motards rappliquent avec des cartouches ; et les drones, hein, les drones de chez JouéClub, de la camelote, dès qu'il y a du vent ou des goélands, c'est mort !

Dhomme sortit sa carte Dostel, la Direction opérationnelle des services techniques et logistiques de la PP, Andras lui rit au nez.

Un rire comme quand on se sépare.

Un rire de dispersion.

Un rire méchant.

Dhomme sentait la situation lui échapper, il mettait ce désavantage sur le compte de la nervosité des services, ou de sa fatigue – des deux peut-être. Andras en profitait, la Dostel, des jean-foutre, toujours à quémander un formulaire quand la jacquerie gronde, le syndicaliste évoquait maintenant le nouveau petit *business* des commissariats, ces gars qui vont chez Cap 18, un grossiste en chimie de la porte de la Chapelle, se fournir en décontaminant, contre les lacrymos du samedi, et qu'ils refourguaient à prix Versace aux collègues ; c'est bien simple, depuis les *abeilles* du samedi, c'est comme si les 50 000 fonctionnaires de la Pref' étaient en mode panique. Un autre fournisseur se frottait les mains, GK, le bon GK, dans le XIe, la Samaritaine des flics – brassards, menottes, porte-menottes –, tout l'attirail, en copie conforme, et vous savez pourquoi, Frédéric, tous les collègues y courent ? Parce que les collègues, ils laissent les originaux au vestiaire, à la maison, c'est trop le merdier le saute-dessus dans les manifs, et ils veulent pas de blâmes, en cas de perte. Sans parler de tous ceux qui se fournissent en cascos, des matraques télescopiques pas toujours réglementaires, eh oui, Frédéric, des matraques officieuses pour des agents qui n'ont ni la formation ni l'habilitation.

Le directeur de la DOPC fixa Andras avec désarroi. La même incompréhension que devant le juge, pour son divorce. Dhomme avait toujours été un bon chef, comme un bon mari, distant et cassant certes, mais prévenant, courant les hôpitaux à la moindre blessure de ses équipes et les maternités pour ses trois enfants.

Une vieille histoire s'écroulait. *Il* l'avait appelé par son prénom.

Serge avait dit Frédéric.

— Et ce Dardel, continuait Andras, vous allez faire quoi ?

Dhomme chuchota, il était hésitant, comme devant son ex-femme.

Andras rit à nouveau, de cruauté cette fois, je vous parle d'urgence, je vous cause de maintenant : les fouille-merde sont en passe d'en faire un héros, de ce mec, les journaleux se rachètent à pas cher, Grand Prix du journalisme mes couilles, il est intouchable *maintenant*, je vous parle de quelque chose de sérieux.

Dhomme sourit, comme il signa la convention de séparation.

Son flegme était fabriqué. Il le savait, il avait perdu la main.

Il regarda Andras lui tourner le dos.

allo @Place_Beauvau – c'est pour un signalement 310

Cédric, arrière de la tête, #LBD40
Troubles de la vision et de l'audition et plaie occipitale confuse environ 7 cm.

Images très dures.

Nîmes, #ActeIX
Source : rapport d'observation @LDH_Fr

« 8 000 ARRESTATIONS N'ARRÊTENT PAS LA RÉBELLION »

C'est sa femme qui entra la première dans l'appartement. Étienne Dardel comprit à sa voix que ça n'allait pas, elle dit qu'elle *sentait* qu'on était venu ici, en leur absence, un parfum de vieux, dans l'entrée, précisait-elle, moqueuse et inquiète à la fois. Depuis que Dardel lui avait rapporté ce qu'un flic lui avait transmis, il s'en voulait. L'inquiéter par jeu n'était pas du jeu. Le flic avait écrit : *Votre vie privée n'est peut-être pas aussi privée que vous le voudriez.*

Dardel était assez fataliste sur le sujet, dans le passé il avait fait l'objet d'épluchage de fadettes ; sur écoutes sauvages, probablement ; des filatures, assurément. Dardel disait toujours qu'après tout son travail était public, qu'il n'avançait jamais masqué et qu'à part protéger ses sources, il se moquait du reste. On pouvait le mettre sur écoute, ça n'avait pas beaucoup d'importance, ses conversations téléphoniques avec sa mère cartomancienne l'amusaient beaucoup, il plaignait les préposés aux transcriptions, mon fils, il faut refaire mon site, et si on faisait une vidéo sur les lames de tarot ?

Dardel disait ne rien craindre des flics puisque à la pêche aux informations, il travaillait encore à l'ancienne, de visu, à base de rendez-vous secondaires, notes sur carnet, et feuillets aussitôt *flushés*, comme on dit au Québec, à jamais noyés dans les cuvettes des toilettes.

Dardel rassura sa femme, sa légère parano n'était pas le moindre de ses charmes, il adorait comment, au restaurant, elle lui prenait parfois la main, pleine de délicatesse, pour lui subtiliser d'un coup sec son portable, et le glisser dans la poche arrière de son jean – Dardel adorait cette proximité, son Huawei contre ses fesses. Il n'essayait même plus de la convaincre que, même éteint, un portable reste un mouchard ; il guettait ses envolées comme des marques d'amour.

Dardel avança dans leur petit quatre-pièces, tout était en ordre, tu vois, mon amour, tout va bien. Il parlait à voix haute autant pour la rassurer que pour se donner des forces. Il se souvenait parfaitement de ce que le policier avait ajouté : *Vous avez compris que mon allusion à votre vie privée ne consistait pas seulement à vous faire comprendre que votre travail ne vous en laissait plus. Je pensais à des intrusions technologiques à votre insu. Protégez vos sources et effectuez des doublons, on a vite fait de perdre son téléphone, son ordinateur et les cambriolages sont fréquents.*

Son correspondant n'était pas totalement inconnu, Dardel avait déjà échangé avec lui sur diverses affaires. Edward, c'était son nom de code – pour Edward Lynn, l'antihéros de *Tirez sur le pianiste* –, était un policier instructeur, en fonction dans un gros district de province. La cinquantaine, bien placé dans la hiérarchie, travailleur. C'était à peu près tout ce que Dardel avait réussi à cerner. Edward était discret, mystérieux, tantôt loquace, tantôt absent, j'ai les mains crasseuses d'un policier de chez Ellroy, écrivait-il.

Cette police en civil cagoulée, matraque télescopique en main, l'injure à la bouche me dégoûte. Les écoles de police ont bien travaillé, ils se ressemblent tous, de vrais clones se prenant pour des superhéros, ils ont eu tout l'attirail, le pistolet automatique SIG Pro, les gilets tactiques, la casquette américaine, les bonnets, les gants coqués, le tonfa, le droit de porter des étuis de cuisse, maintenant le HK G36. Des tarés qui mettraient des contraventions à leurs parents si le chef de service le leur demandait. Je les connais par cœur, j'ai appris le boulot (le vrai) à certains d'entre eux mais ils n'ont jamais eu, à part quelques rares exceptions, le charme d'un flic dans la lignée de personnages d'un Goodis ou d'un Manchette. Je crois qu'en fait j'ai toujours méprisé la police et les policiers. Est-ce pour cette raison que j'en suis devenu un ?

De temps à autre, Dardel demandait à Edward son point de vue avant de signaler une vidéo. Cette parole de flic lui donnait de l'aplomb, comme ses rendez-vous avec ses sources CRS. Tel ce commandant, qui lui claquait la bise, mon vieux Dar', il disait. Un soldat dégoûté, un républicain qui attendait la retraite, et regardait ses idéaux tomber.

Dardel se mettait à jour, aiguisant ses armes, pour répondre à ses détracteurs, ou simplement se savoir *dans le vrai*. Ses signalements sonnaient la déroute d'une police en République perdue. Dardel avait besoin de connaître les règles pour asseoir ses certitudes : à société sécuritaire, flics militaires, il puisait aux sources et cherchait les déserteurs de l'intérieur. Edward était le plus magnifique d'entre eux, le plus mystérieux aussi, avec une poignée de syndicalistes, isolés. C'était la méthode Dardel depuis toujours, celle d'un chercheur, les faits, rien que les faits, il savait que son hypothèse était foncièrement juste : la police ne l'est pas.

Étienne, ne vous fiez pas à mon profil, mon positionnement politique et intellectuel est beaucoup plus complexe. Je me considère comme un romantique nihiliste légèrement misanthrope qui exècre la lâcheté en toute chose, bref, je suis un peu perdu dans ma tête, c'est possible, mais c'est solide. Je ne peux pas entrer en contact physiquement avec vous en ce moment, c'est trop brûlant. Ce n'est pas du complotisme mais cela ment à tous les étages, même devant les chambres parlementaires, dans l'affaire Benalla, sur le nombre de blessés dans les manifestations, sur les plaintes, sur les moyens utilisés contre les gilets jaunes (chiens, chevaux, blindés légers, hélicoptères, voltigeurs à moto, BAC renforcées avec des policiers non habilités pour servir dans ces unités) et cela arrive à tenir !

Dardel gagna le couloir, puis, à droite, la pièce double, minuscule, son bureau et la chambre du petit. Le lit défait du fils semblait intact, mais il ne reconnaissait pas son antre. Ses vieilles revues jonchaient le sol, Dardel leva les yeux, un des murs du bureau était sens dessus dessous. Des cadres avaient été déplacés, deux prix manquaient, il baissa les yeux, ils étaient au sol, un trophée avait dégringolé de la cheminée.

Dardel siffla de dépit, c'est quoi ce merdier, et sa femme surgit. Hanna ne disait rien, il voulait nier l'évidence, mais non, mon amour, regarde, mes fanzines sont tombés de l'étagère, ils ont tout emporté dans leur chute, et voilà tout.

Le ministère de l'Intérieur a les pleins pouvoirs, ils verrouillent tout, ils ne sont qu'une poignée, ils ont accès à tous les fichiers, peuvent déclencher des interceptions téléphoniques sans contrôle, établir des réquisitions judiciaires hors procédure pour identifier les plus virulents, ils ont les commissaires dans la poche et le corps des officiers, les syndicats de police dans leur ensemble, à quelques exceptions près.

Dardel rangea ses affaires, avec soin, chaque relique dessinait sa trajectoire délinéaire ; toujours un pied dedans, un pied dehors ; à la marge et avec les institutions ; dans la mêlée et aux avant-postes. Ces archives, c'était sa vie d'autodidacte, ses instants de gloire d'outsider, des jalons de reconnaissance qui justifiaient son refus des chemins balisés, on pouvait s'en sortir en sortant des rangs, ça le rassurait, en pensant au minimum vieillesse qui l'attendait, faute de cotisations et de salaire régulier.

Pour une fois, Dardel s'accordait du temps, et des gestes lents. Pourquoi quelqu'un était-il venu fouiller ses archives sans importance, si ce n'est pour lui ? Ce quelqu'un avait-il été surpris, un bruit, un craquement, et l'intrus avait-il fui comme ça ? Et les cadres, pas un seul qui soit brisé, par quelle bonté divine ?

Il était décontenancé. Ses dossiers étaient toujours là, comme ses notes pas encore au tout-à-l'égout ; et ses disques durs, sages, à leur place – même son leurre, une clé USB entre le matelas et le sommier, qu'il avait disposée là par provocation, n'avait pas bougé. Il se rangea à l'idée d'une intrusion volontairement mal orchestrée : *on* n'était pas venu chercher quoi que ce soit, *on* était simplement venu faire comprendre qu'*on* était entré ici.

Parmi ses press-books, Dardel portait une affection toute particulière au premier, celui de ses 15 ans où, vedette poitevine, il faisait régulièrement la une de *La Nouvelle République* pour ses publications punk-rock. Tout avait commencé là, parti en flèche dans une ville endormie, jusqu'au jour où, ado, il fit face, pétrifié, à deux agents des Renseignements généraux, fatigués par son agit-prop. Ils l'avaient convoqué au motif que les membres de sa revue, *Tant qu'il y aura du rock*, auraient commis des actes terroristes. Trente-cinq ans plus loin, Dardel, qui croyait avoir fait du chemin, en était finalement au même point, il l'avait glissé à une journaliste qui s'étonnait de son obsession pour la police : je m'intéresse à elle depuis qu'elle s'est intéressée à moi.

Dardel savait que ce duel était un marathon, et ses signalements, un sprint, dans une course sans fin, celle des libertés fondamentales. Il savait qu'il finirait perdant, le souffle coupé, mais au moins, il aurait mouillé le maillot, comme Manu Chao à Pigalle ou Joey Starr à l'Olympia. C'était ainsi qu'il se voyait : narrateur rock'n'roller.

Edward réfutait l'idée d'une visite domiciliaire – c'était son expression – pour seulement impressionner : ça n'existait plus, un risque trop grand pour un bénéfice trop petit. Une intrusion, justifiait-il, ça sert à :

1/ Récupérer du matériel comme une liste de contacts, faire des captures d'écran voire dupliquer un disque dur ;

2/ Sonoriser les lieux ;

3/ Établir un profil avec votre environnement familier : votre frigo, les livres chez vous, photos, ameublement, salle de bains, vêtements, objets de voyages, tableaux ou lithos, vous voyez le topo… Tout pour vous décrédibiliser, rendre votre parole inaudible ou suspecte. Tout simplement. Cela pourrait suffire à ruiner votre réputation de journaliste intègre et à démolir votre travail.

Dardel alluma son ordinateur, une ligne de code dans son terminal, et les *logs* apparurent : personne n'avait ouvert sa machine en son absence.

— Tout va bien, mon amour, dit-il en se glissant dans les draps.

Hanna l'enlaça, déterminée comme jamais à ne pas se laisser pourrir la vie. Dardel la dévora des yeux, fou d'elle et ailleurs. Ses tempes jouaient les nuits blanches. Sur Twitter, les trolls lui faisaient la guerre. Ils déversaient une haine sans bornes, qui prenait par surprise et par salves. Cet affront l'impressionnait. Une peur panique qui annonçait le fascisme de la langue, prélude à celui des armes. Dardel avait commencé à les bloquer – un sursaut pour le moral – mais les faux comptes pullulaient. Des anonymes qui s'affichaient soutiens des FdO (forces de l'ordre), femmes de flics, macronistes acharnés. Certains lui tendaient des pièges vicieux : faux blessé pour fausse cagnotte, certificats médicaux bidons. Il fallait aussi travailler avec ces esprits malsains.

Le jour où tes gosses se feront agresser… était l'attaque qui lui revenait en boucle, *tu appelleras les flics, hein, sale connard, sale Dardel.*

Dardel et sa secte !

Dardel, qui nous protège de lui ?

Dardel, futur prix Nobel des cyclopes propagandistes soviétisants.

Dardel, escroc journalistique number one.

Dardel, Fake News king !

Dardel, les gilets jaunes l'adorent, on sait pourquoi.

Dardel, va te faire foutre avec tes petits protégés jaunes, chômeurs et punks à chien, perfusés par la CAF depuis la tendre enfance !

Étienne Dardel, Étienne Déféque.

Il était à bout.

allo @Place_Beauvau – c'est pour un signalement 523

« Je m'appelle Gigi, suis toulousaine. J'ai 60 ans, militante depuis 45 ans, je n'ai jamais vécu une journée comme aujourd'hui. »

Déluge de gaz (et de témoignages)

Vidéo : Une fillette de 12 ans prise en charge par les street medics

Toulouse, #ActeXX
@EtienneDardel

allo @Place_Beauvau – c'est pour un signalement 595

Un policier à un manifestant gilet jaune : « Je vais boire ton sang. »

Place Victor-Hugo, Brest #ActeXXII

@EtienneDardel

« NOUS N'AVONS PAS D'ARME, VOUS N'AVEZ PAS D'ÂME »

L'objet du mail avait attiré son attention :
La femme d'un ami à vous…

Dardel balaya la missive comme à l'accoutumée ; en un clin d'œil, il devait se faire une idée de l'urgence de l'information, prose détaillée, pas détaillée, pièces jointes, combien, quels types, formules employées ? Dardel s'était bâti une petite usine à traitement express des messages, filtres automatiques, raccourcis clavier. Il mettait un point d'honneur à répondre à chacun, parfois avec du retard, parfois brièvement, mais toujours. Cette politesse lui semblait nécessaire, une forme de ralliement courtoise dans la fronde, une constance dans le fracas. Il avait même ritualisé le geste, chaque matin, attablé à la terrasse du Jadis, un café de quartier qui ne payait pas de mine, devenu son QG et plateau télé. Dardel y avait pris ses habitudes, à la grande satisfaction du patron, toutes ces caméras, ça faisait jaser, et faire jaser, c'était bon pour la limonade. Quant à Dardel, les discussions de comptoir lui servaient de baromètre ; il les écoutait en sourdine pour ce qu'elles étaient : une météo sociale, idéale pour ajuster ses arguments, noter les vivats des uns, les réprobations de certains et les inquiétudes de tous. Il y avait les pro, les anti, les gilets casseurs et les jaunes, les revenus de tout, les ça-devait-arriver et les angoissés, les bourgeois et les qui-n'ont-rien, unis dans la peur, les révolutionnaires du ballon de rouge, et les authentiques écorchés, les racistes et les visionnaires, les anti-taxes et les anti-cons, les anti-anti et les on-va-tout-cassser. Ces rumeurs de la ville procuraient un bien fou à Dardel : elles le confortaient dans son combat, doublement même, quand il entendait les conseils de la rue, les jaunasses, faut leur tirer dessus, à balle réelle…

La plupart du temps, Dardel copiait-collait une même réponse, adaptant un mot ou un autre, prémices d'une correspondance plus précise. Il lui fallait des pièces pour juger sur pièces, et s'assurer d'un minimum de véracité :

Si vous avez le temps, n'hésitez pas… à m'envoyer tout ce que vous pourrez à placeb@etiennedardel.fr

Date Lieu Type d'incident Type d'arme Source (liens) Photos, Vidéos, etc.

Merci d'avance !

Bon courage.

Étienne.

Cette fois, le courriel était différent. Il ne dénonçait pas une brutalité policière, n'étalait ni coups ni sang ni insultes ni téléphones portables brisés ni écussons guerriers apposés sur un quelconque uniforme bleu. Il était précis, et un brin emberlificoté, expédié depuis une adresse cryptée, protonmail, un service suisse qui s'était propagé depuis le mouvement des gilets jaunes.

Monsieur Dardel,

Nous ne sommes pas du même bord, et nous n'irons pas au même port. Mais comme l'écrivait le regretté préfet de police Raymond Marcellin, « dans les périodes de trouble, de contestation et de violence, il ne s'agit pas de laisser faire et de se plaindre du malheur du temps. Il faut agir ».

Pour des raisons qu'il serait fastidieux d'énoncer ici, nous avons un meilleur ennemi commun. Les informations dont je dispose à son endroit devraient aiguiser votre curiosité, et plus si affinités.

Comme l'intitulé de mon email le laisse supposer, j'aimerais commencer par vous dévoiler des éléments sur sa femme.

Ou, plus exactement, son ex-femme.

Vous trouverez en pièce jointe une vidéo, captée par nos caméras de vidéoprotection en fin d'après-midi, à Paris. Vous reconnaîtrez les lieux. La personne qui vous intéresse est celle qui porte un T-shirt blanc, frappé d'un sigle rouge, elle est munie d'un casque blanc et d'un sac à dos rouge.

Dardel lança le fichier. Dès la première image, il saisit la portée du film, vue plongeante sur vie explosée, devant l'Assemblée. La prise provenait probablement du toit du Palais-Bourbon, la vidéo était muette, mais Dardel en connaissait la bande-son par cœur, l'explosion de la grenade, les bruits d'une cavalade, et un hurlement, une douleur de neuf secondes.

Le cri avait maintenant un visage.

Son nom est Béatrice Paolini, ex-Béatrice Dhomme. L'ancienne épouse de monsieur Frédéric Dhomme, chef (en sursis) de la Direction de l'ordre public et de la circulation à Paris.

Dardel revisionna la séquence, au ralenti cette fois, pour mesurer ce qu'il voyait, et soupeser la traîtrise dont on le faisait dépositaire. Cette bassesse était une des raisons pour lesquelles il avait quitté le journalisme d'actualité, des années avant, ce sale métier qu'on peut faire proprement, comme jetait dans un rire un ami, rédacteur en chef, et qui, comme Dardel, avait bifurqué, il avait fini administrateur de l'Opéra-Comique. Sale métier ou métier salissant, au cœur des hommes, et de leur lâcheté, de leur petitesse, Dardel avait fui ça. Ses signalements sonnaient comme un retour brutal. Les emails s'empilaient, demandes désespérées de broyés par la machine judiciaire ou paranos persuadés que leur femme les avait quittés sur pression des services secrets.

Au ralenti, la bouche semblait plus ouverte encore, grande ouverte, et ces yeux, de colère noire et jaune : l'ancienne épouse du DOPC, une street medic ?

Depuis des semaines, Dardel admirait le travail des secouristes, il aimait leur courage, leur bénévolat, il aimait leur présence, un rempart contre la folie répressive, il aimait leurs bandelettes, leurs sparadraps, leur vitesse d'exécution, leurs compresses, leur sérum physiologique contre les lacrymos, il aimait les voir relever un CRS à terre, Hippocrate et témérité, il aimait leurs noms, Armée du Ruban Blanc, Street Medic Sarthe, Paris Medical Brigade. Acte après acte, les volontaires semblaient plus nombreux, urgentistes des luttes, à zigzaguer entre les grenades et les projectiles de LBD, la France les découvrait en direct sur les chaînes d'info. Au Jadis, on débattait, anges blancs à croix rouge contre casseurs déguisés en docteurs ? Eux-mêmes étaient traversés par des débats houleux : paramédics, oui, paramilitaires, non. Haro sur les virilistes, et les héros de fin de semaine.

Au fil des mois, les *medics* étaient devenus une des sources de Dardel. Leurs bilans rythmaient ses semaines, les premiers dès le dimanche matin, puis, jour après jour, par email, listings cliniques de blessures sans fin.

Je ne doute pas, monsieur Dardel, que vous saisirez, au-delà de la cocasserie de la situation, l'importance de cette information.

Je travaille aux côtés de monsieur Frédéric Dhomme, et serais enchanté de vous rencontrer afin de vous éclaircir sur l'ambiance, fébrile et intenable, qui règne dans la Maison.

Que diriez-vous d'un déjeuner dans votre cantine, le Jadis, si je suis bien informé (et je le suis) ?

Je vous dévoilerai mon identité à cette occasion.

Dardel replia son ordinateur, machinalement. Dans la rue, c'était l'heure du passage de la Prophète, comme le quartier la surnommait, une femme, à peine 25 ans, hurlant tout et n'importe quoi. Il l'écouta débiter sa folie douce, ses exhortations à se repentir, tous et toutes, ça le changeait de ses inquiétudes, et de la tournure des événements. Pour la première fois, Dardel ressentit une peur, une peur physique.

Il jeta un regard circulaire, tout était banal, tout était suspect, le patron qui plaisantait avec un éboueur, un fumeur en terrasse qui râlait contre les chaufferettes qui ne chauffaient rien du tout, le jeune couple de touristes égarés, et la télé accrochée au ciel, qui sermonnait.

Dardel cherchait un signe, une bouée, n'importe quoi, de l'aide. En face, au pied du distributeur de la Poste, un SDF tendait la main, couverture bleu ciel sale, un œil masqué, compresse blanche, Dardel sursauta, un Flash-Ball ?

Il se mordit les lèvres, pour se ressaisir.

Étienne Dardel se sentait seul.

« HALTE AUX TERRORICHES »

— Ne courez pas, ne courez pas !

Vicky hurlait, dans le vent et en vain. Ils couraient tous, dans tous les sens, de la fumée partout, des gaz s'échappaient même – grande première – des véhicules blindés de la gendarmerie, et ils étaient forts, puissants, à la composition inédite et inconnue.

Paris brûlait, panique dans la ruche, les apiculteurs avaient mis le feu, et les abeilles bourdonnaient, folles et affolées, nassées, elles fonçaient droit sur la police, des attaques en règle, un camion caillassé, des uniformes à terre, Vicky en avait rêvé, *L'INSURRECTION EST LÀ*, et en mondovision, et en Facebook live ; des vidéastes avaient fait leur spécialité de ces moments de bravoure, des heures en direct, à tout filmer, tout montrer, Vicky s'en était d'emblée méfiée, elle les prenait pour des auxiliaires de police, leur travail au cœur des émeutes pouvait fort bien alimenter les procédures. Sans parler de ces parias, Noirs, Arabes, émigrés de l'Est, apprentis journalistes refusés partout, royalement payés par les Web TV Poutine, devenus idiots utiles d'un soft power qui se frottait les mains au-dessus du brasier français. Jusqu'à ce que Vicky s'en accommode, qu'elle se mette à espérer que, grâce à eux, la France voie jusqu'où l'État était capable d'aller pour écraser son peuple. La meilleure contre-propagande par le fait pour lui ; et le meilleur recrutement qui soit pour eux, le black bloc.

Quand Vicky avait surgi dans le cortège, avec ses amis, par la rue Balzac, parce que *Les Illusions perdues*, ce fut inimaginable, comme dans un rêve retrouvé, convergence des luttes et applaudissements : le Bloc acclamé, sur les Champs ! Rien à voir avec la dernière rencontre, deux mois auparavant ; entre-temps, l'opinion avait eu le temps de basculer, la violence d'État comme ciment, avait titré *Le Monde*, surpris de voir chaque blessé, chaque mutilé comme un appel, *TOUS CASSOS, TOUS CASSEURS*. Maintenant qu'on pouvait se faire verbaliser pour un pull « oui au Référendum d'initiative citoyenne », que la BAC semblait sans chaîne et les CRS lâchés, la conquête de l'opinion était à portée de main.

Ne courez pas, répétait Vicky. Elle avait enfilé sa noire tenue en dix secondes chrono, la méthode coucou, cachée par les gilets jaunes, sept secondes pour le coupe-vent, trois pour le masque, et en avant. À chaque saccage, la cible était le message, elle avançait et racontait le geste :

RIRA BIEN QUI ZARA LE DERNIER
NIKE TES PRIVILÈGES
PAS DE CARTIER POUR LES BOURGEOIS
FNACBLOCK !

Abeilles et bourdons volaient en escadrilles, désormais ; main dans la main, pavé par pavé. Une moto grise, sans plaque, au pot d'échappement percé, produisait un bruit infernal, guidant les manifestants, de petites rues adjacentes en affrontements parallèles, comme un berger ses brebis. Tous dérailleurs, ingouvernables.

Et les forces de l'ordre qui ne bougeaient pas, qui ne bougeaient plus ; les plus expérimentés du Bloc, obligés de calmer les ardeurs des convertis, pas de blessés, pas d'incendies d'habitation, mais c'était la tourmente, c'était Paris comme jamais, et ce fut la prise, le Fouquet's, la brasserie des nantis, le QG de Sarkozy, le symbole terminal de la totale oligarchie.

Sur la terrasse, une femme s'arma d'un porteparapluies à l'effigie de l'établissement, une boîte en plastique dur, rouge à lettres dorées, et cogna la vitre, dix fois ; la façade tenait, tandis qu'un gilet jaune arrachait l'auvent, sous les *viva la revolución* ; et que deux autres tapaient, tapaient, tapaient, une poutre de chantier contre la double porte d'entrée. Vicky appréciait l'instant, l'improbable victoire des gueux et des gauchos, l'union des cassés et des casseurs. Combien de temps tout ce miracle durerait, tous ces *Anti ! Anti ! Anticapitalistes !* Et ces *Tout le monde ! Tout le monde déteste la police !* lancés en chœur par des groupes qui s'ignoraient encore deux mois plus tôt, Vicky n'en savait rien, ne s'en souciait pas, c'était ici et c'était *maintenant. A-Hou ! A-Hou !*

Soudain le Fouquet's, éventré, royal au bar, rouvrait ses portes, ne courez pas, ne courez pas. Vaisselle et mobilier se mirent à voler en éclats ; chaque guéridon devenait arme de destruction, le moindre fauteuil, un bélier ; c'était la technique du Bloc, venir sans armes et se servir sur place : putain, vous savez y faire, sifflaient les gilets jaunes. Un cocktail Molotov enflamma le store du restaurant, flammes parfaites, d'un absolu raccord, rouge et or. De la poche avant de son K-way, Vicky sortit sa bombe de peinture, une jaune cette fois, une jaune pour les murs sombres, elle prit son temps pour réfléchir et dessiner les lettres délicates de l'émeute, des lettres déliées, rondes, presque enfantines :

C'EST FOU-QUETS !

« ACTE 82, LES BOURGES QUITTENT LE CENTRE-VILLE »

Rouler dans Paris la nuit était la seule occupation que Dardel avait trouvée pour calmer ses esprits. Le ronronnement de son 883, une Harley sans âge, lui rappelait les kilomètres avalés, toutes ces années qui avaient filé. Il pouvait admirer les lumières de la ville vide, déserte ; les vendredis soir d'avant Acte donnaient à la capitale ses allures d'août, quand tout devient possible. À l'arrière, sa femme savourait plus encore leurs escapades nocturnes. Hanna aimait ça, avancer. Dardel était allé la chercher gare de Lyon, pour une virée, avant de rentrer. Elle tenait Paris sous ses yeux et son homme entre ses cuisses, douces caresses dans le dos, bras serrés devant, toute la panoplie de l'amour à deux roues, simple et magistral.

Devant eux, le Fouquet's avait disparu. Un sarcophage de métal l'avait intégralement englouti dans un vague décor à la Jules Verne. Dardel stoppa la moto et s'avança à pied, lentement, dans le champ de ruines. Le restaurant offrait maintenant des airs de camp retranché, un Petitbonum d'acier, il était devenu un restau de fer, riveté, assiégé, un coffre-fort du Capital.

Un bunker.

D'instinct, Dardel photographia l'édifice devenu tombeau. Quelque chose était mort, ici, et il voulait savoir quoi. Cet enterrement était aussi celui de son époque, cette cérémonie signait les funérailles d'un monde en perdition. Bien que le champ de bataille ait été entièrement nettoyé, le moindre recoin lessivé, le moindre pavé replacé, restaient les stigmates : l'odeur des grenades, la suie des palets lacrymogènes, une poignée de tags plus coriaces que d'autres.

Face au Fouquet's, Dardel filma un afficheur automatique qui vendait à intervalles réguliers les mérites de l'armée (« Je suis tournée vers les autres, et mon avenir », sloganisait une jeune Polynésienne). Dardel se tourna vers Hanna, tu as vu ? tu as vu ? l'armée et le tombeau, André Breton aurait aimé, hein, le *hasard objectif*...

Quelques heures plus tôt, le gouvernement avait annoncé son recours aux militaires, Dardel avait été assailli de demandes d'interviews, oui, un siècle, presque un siècle que ça n'était pas arrivé, l'armée en maintien de l'ordre métropolitain, un restaurant saccagé était la raison qui manquait, la France avait perdu la raison. Maintenant, un drone survolait les Champs et l'Intérieur promettait un déluge de marqueurs chimiques, de nanoparticules sur les contestataires, et des balles réelles, s'il le fallait.

Dardel tweeta sa série de clichés du Fouquet's estampillée « veillée d'armes ». Il voulait partager et provoquer – son côté punk. Le réseau s'enflamma ; à coup d'insultes et de dépit, d'encouragement et d'incompréhension. Les Champs retournés comme un vulgaire boulevard du crime, un lopin de terre à peine fertile ; on s'étripait. Dardel était heureux de son petit effet, il jubilait au *ding* des retweets.

Partout, la moindre vitrine se barricadait, Apple jouait les élégantes, Adidas les efficaces, Louis Vuitton, en grillage ajouré, les méprisantes (voyez ce que vous ne pourrez casser, ni même acheter), et la baie vitrée Huawei, devant laquelle Dardel s'attarda, un peu fier, un brin moqueur, les bon marché. Des deux côtés de l'avenue, les ouvriers du bâtiment scellaient à la va-vite leurs protections, vastes planches agglomérées contre la colère, dans des rires rentrés, des rires en arabe et en roumain, des rires sous cape d'invisibles. Le couvre-feu les amusait, en plus de leur donner des heures supplémentaires, tarif double, bientôt minuit.

Dardel enfourcha sa moto et enclencha la première, un coup sec sur la pédale de vitesse, ce coup qui libère, avant de remonter, seconde, troisième, Paris est à nous. Ni lui ni sa femme ne prêtèrent attention au break qui les filait.

I've been runnin' Monday, Tuesday, Wednesday
Thursday, Friday, Saturday, Sunday
Runnin' Monday, Tuesday, Wednesday
Thursday, Friday, Saturday, Sunday
What have I done ? What have I done ?

The Clash, *Police On My Back*

« MACRON
SAIGNEUR DE FRANCE »

Dardel avait été réveillé par mille canaux, son nom était tagué partout sur Twitter, sous une vidéo. On le priait de la regarder, de la signaler, qu'elle était terrible, et qu'il fallait qu'elle se répande, et que lui, Dardel, était le mieux placé.

Je m'appelle Jacqueline Gontier, je suis à l'hôpital Cochin, à Paris, je suis arrivée dans la nuit, après sept heures de route… Je viens du Tarn. Je… Je ne sais pas l'heure qu'il est… Je suis la mère d'une manifestante qui a été blessée, hier, à Paris, devant l'Assemblée nationale…

Dardel se frotta les yeux. Un ami avait remarqué que ce geste était devenu sa marque de fabrique, pouce et index, au sommet du nez, massant l'encolure des yeux : c'était sa première vidéo de la journée, et le tourbillon s'annonçait déjà. Son téléphone indiquait 6 h 23 ; le relevé de ses emails, 77 non lus.

Ma fille fait partie de ce que la presse appelle les casseurs. Ma fille est en colère, oui, mais ce n'est pas un casseur. C'est une femme de 40 ans, une femme digne, qui se lève contre les injustices, elle s'appelle Nelly, tout le monde l'appelle Vicky. Ses combats ne sont pas tous les miens, mais je les respecte. Hier, elle a perdu sa main. Sa main, monsieur Macron, oui, monsieur Macron, si vous m'entendez... Ma fille a perdu sa main parce qu'elle manifestait, devant la maison du Peuple, devant le Parlement, alors qu'elle ne présentait aucun danger.

Dardel cliqua sur la fonction plein écran. Il voulait mieux voir, il voulait se concentrer, regarder cette mère qui regardait le malheur. Elle était vêtue d'un pull sans forme, violet, d'un jean bleu délavé ; ses yeux ne trahissaient aucune larme, aucune fatigue. À droite, un distributeur de boissons semblait attendre qu'une pièce vienne le secouer ; au centre, une pendule Elami Quartz égrenait les minutes d'indifférence.

D'après ce que m'a dit une dame qui a porté secours à ma fille, et je l'en remercie de tout mon cœur, oui, merci, merci, Béatrice, elle est en face de moi, mais ne veut pas apparaître dans cette vidéo, d'après Béatrice, un premier tir de Flash-Ball a atteint ma fille alors même qu'elle tournait le dos aux policiers, et puis, une grenade. Une grenade explosive...

Dardel entendit son fils se retourner dans son lit, lâchant un petit souffle, un signe de vie pour dire, papa, baisse, papa, je dors, je t'aime mais baisse, papa.

Ma fille m'avait parlé de ces grenades, je croyais qu'elle exagérait, des grenades avec du TNT ? Des armes de guerre ? Contre des Français ? Par la police française ? Nelly m'en avait parlé, oui, mais je n'y croyais pas, je pensais que c'était des rumeurs, des histoires qu'elle et ses amis se racontaient. Ma fille a subi une opération de plus de quatre heures par un interne, qui a fait ce qu'il a pu, mais il ne pouvait rien. Monsieur Macron, pendant que vous faites le beau, en bras de chemise dans les gymnases, pendant des heures en soliloquant, soi-disant pour votre Grand Débat, parce qu'il est vrai que vous aimez surtout parler avec des gens choisis, pendant ce temps-là vos sbires, monsieur Macron, mutilent nos jeunes. 40 ans, c'est jeune, monsieur Macron. C'est vous, monsieur Macron.

Dardel était en arrêt, incapable de ce multitâches qu'il affectionnait tant, deux courriels ouverts, cinq onglets, une idée à l'autre, une pensée à une fugue, il aimait ça, son cerveau avait muté, depuis des années, jouant avec délices des concentrations multiples, en stress maximal, plaisir total.

Il était bouleversé.

Monsieur Macron, combien de blessés ? Combien de mutilés parmi nos compatriotes va-t-il encore vous falloir, avant que vous preniez la mesure du scandale d'État ? Votre État, votre scandale ! Combien ? Combien de Vicky, combien de mains arrachées, combien de pieds en lambeaux, combien d'yeux perdus, exorbités, explosés, combien de trous noirs vous faut-il pour ouvrir les vôtres ? Vous faire descendre de votre trône. Combien de condamnations injustes ? Combien d'arrestations arbitraires ? Combien d'arrestations dites préventives ? Et maintenant, même les lunettes de piscine font de votre peuple des suspects ? Des séditieux, des factieux comme vous dites ? monsieur Macron : et c'est nous, les fascistes ?

Le temps filait, Dardel en oubliait jusqu'à la cafetière, c'est son fils qui lui rappela, papa, café bouillu café foutu, comme dit Bonne-Maman, oui, fiston, j'y vais, j'y vais et Dardel n'y alla pas. Happé par la vidéo, il était convaincu que c'était ça, ce qu'il devait faire, travailler, travailler, faire campagne, jusqu'à en oublier tout ce qu'il aimait, enfant et café. Son fils avait trouvé le mal, il lui avait dit véritiste, papa, c'est ça ton métier, et véritiste, ça prend du temps.

Ma fille est en salle de réveil. Vous imaginez son état, monsieur Macron. Sa colère. Sa haine. Son abattement, elle, Vicky, ma fille, une battante, qui a su se battre, physiquement, pour défendre ses causes, comme quand, sous Hollande, que vous serviez et pour qui j'avais milité, je me demande encore comment, quand votre prédécesseur envoyait déjà ses miliciens, ses RoboCops, contre ces

Français qui ne pensent pas comme vous, vous, la Haute, vous Paris. Ah, monsieur Macron, le Tarn, d'où je viens, ça doit pas vous dire grand-chose… Y a rien qui vous intéresse chez moi, à Graulhet. Des forêts, des paysans, un peu de tourisme, une pincée d'industrie. Et un rond-point, mon rond-point, celui où je suis tout le temps, celui que j'ai quitté cette nuit pour venir, ici, au service des urgences de Cochin, mon rond-point, au bien nommé boulevard de la Casse.

Dardel heurta la barre d'espace, sans trop savoir si son geste était volontaire. La vidéo se gela.

Cette femme.

Ce regard.

Graulhet.

Le Tarn.

Boulevard de la Casse.

Il comprit.

Et les miennes, ma colère, ma haine, monsieur Macron ? Vous les voyez ? Non, vous ne les voyez pas, car je ne vous ferai pas ce cadeau. Vous n'en êtes pas digne, vous n'aurez ni ma colère ni mes larmes. Je, je ne connais pas le gendarme qui a lancé la grenade à hauteur de ma fille. Selon Béatrice, ma fille a voulu repousser la grenade qui lui arrivait dessus et… et, en se penchant… Je ne connais pas ce gendarme et je ne le connaîtrai sans doute jamais.

Lui, par contre, va pouvoir regarder le visage de la mère d'une mutilée. Parvient-il à dormir à cette heure ?

Et vous, monsieur Macron ? Toute cette situation parce que vous oubliez les petites gens, les Français, tout ça à cause de votre verticalité, de votre surplomb… Pendant que nous n'avons plus les moyens de nous payer notre… sans-plomb. Oui, monsieur Macron, fin du mois et fin du monde se conjuguent au présent. Et ici, pas ailleurs. Le savez-vous, vous et votre vaisselle à l'Élysée toute neuve, 500 000 euros, et nous, et nous ?

Je… je ne suis pas en colère, monsieur Macron, je le répète, je suis simplement écœurée. Écœurée. Au fond, monsieur Macron, je n'ai qu'une envie, c'est d'embrasser ma fille, de la sortir de cet enfer, de vous oublier, vous et vos ministres, dont je ne sais s'ils sont stupides ou juste incompétents, et de rejoindre ma nouvelle vie, ma vraie vie, où on se serre les coudes, dans notre cabane.

Dardel ferma les yeux.

— Tu veux des céréales, fils ?

Il n'y avait que ça à faire.

Suspendre le temps.

Ne parlez pas de répression ou de violences policières, ces mots sont inacceptables dans un État de droit.

Emmanuel Macron

Procès-verbal GJ-289C2
Retranscription des notes du carnet de Dardel Étienne (sur base photographique)

NOUS : Arnaud X.,
Capitaine de police en fonction à la Direction du renseignement de la Préfecture de police

Tribunal de grande instance de Paris, chambre des comparutions immédiates. Salle 6-01, spéciale gilets jaunes. Choses vues. Prévenus arrêtés 48 heures auparavant.

Nouveau cas. Bertrand S., 40 ans, artisan, venu de Vitrolles.

Accusé de jet de projectiles de « type caillou » envers des personnes dépositaires de l'autorité publique, inconnu des services de police.

Lors de son arrestation, rue de la Fontaine au-Roi, Paris XIe, il se fait repérer par sa cagoule noire, son masque de ski blanc, et un sac à dos. Il est artisan, il a tout perdu, « je vais cesser mon activité d'échafaudeur », dit Bertrand. Il est gilet jaune depuis six mois, écrasé par les charges. « Un brave personnage », dit la procureur.

Il raconte la manifestation de samedi, il est venu pour « rencontrer monsieur Jérôme Rodrigues, un des leaders des gilets jaunes, celui que la police a éborgné place de la République, je suis venu pour échanger avec lui, pour apprendre », il est monté par car spécial depuis les Bouches-du-Rhône (« affrété par qui ? » demande le président, Bertrand l'ignore) : « Chez vous, les manifestations, ça n'a rien à voir avec chez nous, à Cagnes-sur-Mer. » Bertrand prend des photos, se met à l'écart, et « on me saute dessus. J'ai rien compris, j'avais la tête enfoncée dans le sol, des doigts de policiers enfoncés dans le nez, et c'est là qu'une femme est arrivée, en hurlant, une pierre à la main : "T'es venu casser du flic, hein ?! T'inquiète, on va te casser les dents !" ».

Bertrand proteste, dit qu'il n'a rien à voir avec le jet de caillou. Il réclame les vidéosurveillances, dès son interpellation, pendant la garde à vue, et encore à l'audience.

Son avocat note que la fouille n'a pas permis de retrouver les éléments : ni cagoule ni masque. « Est-ce bien lui ? Les policiers ont-ils menti ou se sont-ils trompés ? » L'avocat demande une confrontation avec les trois policiers qui accusent son client. Il évoque les violences policières, « devenues systémiques », et les mensonges habituels. Le juge ironise : « On ne peut pas dénoncer une société de la surveillance, et demander dans le même temps à voir les vidéos. »

Bertrand est condamné à quatre mois avec sursis pour violences et participation à un groupement en vue de commettre des délits de dégradations et de violences.

« ON N'ENTEND PAS CHANTER LES SENTINELLES »

Ce n'était pas le voisin, ce n'était pas son habitude ; il en avait de mauvaises – comme d'écouter Queen chaque soir, en rentrant du travail, invariablement, *We are the champions* – mais farfouiller sa clé au milieu de la nuit ne faisait pas partie de son registre.

Une clé qui cherche une serrure, à 4 heures du matin ?

Hanna se réveilla en sursaut.

Dans l'entrebâillement de la fenêtre de leur chambre, chaque bruit devenait suspect. Les nuits commençaient à se réchauffer, et Paris craquelait. De la cour, côté est, comme de la rue, à l'opposé, remontait tout l'arsenal des brise-silence, *beep* de trottinettes électriques en manque de batterie, bruit de bouteille de verre qui roule, frottement d'un pas lourd. Étienne, lui, dormait – enfin – la tête contre son épaule, ses mains sur ses seins, sa jambe droite en appui sur la sienne. Il était ce que ses apparitions médiatiques ne renvoyaient pas, un corps perdu, un enfant au repos, qui souriait aux anges et aux formes du plus précieux d'entre eux : son amour.

Hanna se leva, déterminée.

Qui pouvait vouloir entrer chez eux ?

Elle jeta un œil au judas, certaine qu'on cherchait à violer leur intimité ; c'était l'étape d'après, la pression naturelle, évidente, pour leur faire peur, le faire taire, lui, et l'angoisser, elle.

Une ombre glissait dans la cage d'escalier ; une ombre féline, l'ombre de la répression, de la police politique, l'ombre de ces syndicats de police dont un journaliste assurait qu'ils avaient pris Étienne en grippe, leur bête noire – c'était écrit dans un hebdomadaire, et le journaliste en question était du genre bien informé, sous perfusion préfectorale.

Ou était-ce le fantôme des menaces, un de ces fous qui mettait ses promesses à exécution ? Une petite frappe soudoyée par on ne savait qui ? Un facho qui fulminait que l'ordre n'était pas l'ordre qu'il attendait ? Un homme de main, revenu de tout ?

L'ombre fugace et tenace d'un monde qui refusait qu'on se mette en travers de sa marche, et qui se tenait maintenant à la rambarde de l'escalier, venu chercher son dû et réclamer silence.

Dardel ne se rendit compte de rien, il dormait du sommeil du juste, ses cheveux décoiffés comme jamais.

Hanna attendit quelques minutes, le souffle court, la disparition de l'ombre. Elle se glissa ensuite à pas de loup dans l'appartement, un œil sur la rue, en contrebas, un Uber semblait attendre des nuits meilleures. Puis elle rejoignit les draps, épiant le moindre craquement.

L'ombre de qui ?

Son esprit divaguait, en colère, et en vertiges, de cette vitesse des songes nocturnes ; elle se remémorait les vidéos de sang et de cris, depuis des mois.

Le lit la réconfortait : jamais elle n'abandonnerait son soutien, et jamais elle ne le lui dirait. Hanna était sa conscience, indéfectible, intransigeante parfois, impeccable. Son goût du secret était sa force, une rigueur de chaque instant, à toute épreuve, qui rendait Dardel moins seul ; et un peu plus sûr. Son ombre finirait par terrasser toutes les autres.

Dardel se retourna vers Hanna, la main inquiète, puis rassurée par la soie. Dehors, l'Uber démarra en trombe.

allo @Place_Beauvau – c'est pour un signalement 634

Le reporter Yannick B. chargé.
Sa carte mémoire détruite.

Entrave à la liberté de la presse.

Nantes, hier
@EtienneDardel

allo @Place_Beauvau – c'est pour un signalement 635

Philippe était en Twitter live. Interpellé, il est placé en garde à vue. Son téléphone enregistre tout. Voici un montage.

Motif de GAV aléatoire.

Le Havre, hier
@EtienneDardel

allo @Place_Beauvau – c'est pour un signalement 636

Détachements d'action rapide (DAR) :
pas de matricules, plaques minéralogiques camouflées,
visages parfois masqués.

Paris, hier vers 17 h 45
@EtienneDardel

« JOURNALISTES, APRÈS VERIFICATION ET RECOUPEMENT DES SOURCES, VOUS ÊTES BIEN DES ORDURES »

— C'est donc vous, Dardel ?

Serge Andras esquissa un demi-sourire, Dardel ferma le sien, le syndicaliste resta sur sa lancée.

— Heureux de vous rencontrer.

Le rendez-vous fut pris au Jadis. Andras était arrivé un peu avant, une habitude du métier. Dardel en avait fait de même. Et ils se retrouvaient nez à nez, chacun en avance, dans l'arrière-salle du café, où les bruits de la cuisine pourraient couvrir leur conversation. Pour l'un comme pour l'autre, l'important était de ne pas arriver ensemble, de ne pas être vus côté à côte, depuis la rue. Dardel savait qu'on pouvait *tenir* un journaliste avec un simple cliché, en s'arrangeant pour qu'il circule, regardez ses sources, regardez à qui il parle. Andras, pour joueur qu'il était, préférait rester incognito, passe-muraille vaut mieux que jo-la-mitraille, comme il disait.

Ni Dardel ni Andras ne tendirent la main, ils étaient comme chien et chat, leur seul point commun était la gamelle, la gamelle s'appelait Frédéric Dhomme, et leurs regards trahissaient leur garde. Andras se présenta, une carte tricolore, un nom, de la DOPC, pour vous servir.

— Ma vidéo de madame Dhomme vous a plu ?

Dardel fit semblant de ne pas comprendre, il esquiva, plaire ou ne pas plaire, ce n'était pas vraiment la question ; ce qu'il voulait c'était comprendre pourquoi Andras la lui avait envoyée.

— Il est fini Dhomme, dit Andras. Je l'aide juste à partir avant qu'il ne soit trop tard. Pour lui.

Dardel le dévisageait comme la vie apprend à regarder un mort, incrédule, puis habitué, et impuissant. Andras portait le masque de la traîtrise, Dardel en avait croisé des spécimens, mais celui-ci dégageait quelque chose en plus, plus que du cynisme, plus que de la froideur, il était le salaud incarné. La vidéo, c'était pour toucher Dhomme doublement : dans son intimité, et dans sa fonction ; le flic divorcé, démenti par sa femme secouriste.

— Les images parlent d'elles-mêmes, insista Andras. Je peux vous en dire plus, si vous voulez…

Dardel mit la main à sa veste, il avait endossé la vieille, en mauvais cuir, achetée chez un fripier vingt-cinq ans auparavant, à la sortie de *Carlito's Way*, quand Al Pacino détrôna définitivement De Niro dans son panthéon. Une veste devenue chiffon, rapiécée de partout, mais la même que celle du voyou sur le retour, col pelle à tarte, doublure pied-de-poule, la classe absolue de la rue.

— Ta, ta, ta… Pas de ça entre nous, pas de notes, Dardel ! Vous m'écoutez et vous mémorisez. On ne s'est jamais vus.

Dardel fit oui de la tête, satisfait de son petit tour, le coup du carnet de notes, pour rappeler la frontière, *qui est qui*, autour de la table et de la gamelle.

— Bien sûr. Jamais.

— Sur sa gonzesse, donc, vous savez tout. Elle a rejoint ces gauchiasses de street medics. Elle a une formation de pharmacienne, quinze ans qu'elle n'a pas exercé, bobonne… Femme du patron de la DOPC, c'est la planque… Pas besoin de bosser. La belle vie, avec personnel de maison et appart' de fonction… Pas comme celui du préfet, d'accord, mais quand même…

— Et ?

— Et voilà qu'ils se séparent… On a jamais su trop pourquoi… Elle était discrète, Béatrice. Sans doute qu'elle en avait un peu marre que son mari la laisse seule, certaines nuits… Son trip, à Dhomme, c'est de jouer les *bad boys*, à planquer avec les stups, ça lui rappelle le bon temps, allongé sur la banquette arrière à compter les lampadaires, et les affaires à venir… Bref, ils se séparent, ça se passe mal, elle veut la vaisselle, les couverts et le linge de maison, voyez le genre… la petite bourge dans toute sa splendeur. Dhomme, il devient dingue. Il nous demande de la suivre…

— La suivre ?

— Oui, Dardel. La suivre. La suivre façon moderne. Avec nos caméras. La DOPC, c'est Big Brother, la concierge high-tech de Paris, mille caméras, tout le tintouin. La DOPC, elle garde les portes de Paris, c'est même sa mission première, garder toutes les portes, celles des ministres, des anciens ministres, des personnalités menacées, peut-être même la vôtre ?

— Ah oui ?

— Bien sûr, Dardel. École du rire, on m'appelle à la PP.

Le patron du Jadis s'avança. Discret et complice, un petit sourire, il savait que si Dardel avait opté pour l'arrière-salle, c'était pour garder la conversation confidentielle. Et pas grave s'il n'y avait pas de micros tendus, la tête de Dardel suffisait, les clients seraient contents, Dardel était devenu une starlette dans le quartier, en boucle sur CNews et au Jadis. Le visage de son interlocuteur était inconnu au patron, sans doute un pigiste, ou un correspondant étranger. Andras appréciait la discrétion. Il reprit :

— C'est son truc, à Dhomme, les caméras. Il en raffole, toujours à tripoter son bâton de joie, comme je dis…

— Bâton de joie ?

— Joystick, si vous préférez. Ça le rend puissant, ce machin : il se fait des DVD, il sait qui se rend chez qui, à quelle heure, dans quel état il ressort, dans quels bras. Il peut écraser une affaire, un accident de scooter de merde, une altercation dans la rue, une soirée un peu trop arrosée ou…

— Ou ?

— Il peut balancer au préfet, qui, c'est selon, en référera au ministre. La bonne vieille obligation de rendre compte, à géométrie variable, il adore ça, Dhomme. Immédiatement et sans délai, je rédige une fiche, c'est son leitmotiv. Sinon, pire encore, il peut gentiment informer vos collègues, les journaputes. C'est ça, la DOPC, c'est ça, l'île de la Cité, au cœur des marées et des rumeurs.

— Des DVD ?

— Dhomme, il est pas le seul. On a un service qui s'occupe de ça, une poulette, disons, elle apparaît pas dans l'organigramme, mais elle est bien là, et canon, en plus…

Dardel ne dit rien. Il attendait. Andras baissa la voix :

— Vous croyez vraiment qu'on peut se permettre de respecter la loi, deux mois, deux petits mois, de conservation des images ? Et puis quoi encore ?

On n'a qu'à s'occuper des formalités douanières pour les dealers tant qu'on y est ? Deux mois ? Pour une enquête ? Franchement ! Alors, on garde, on grave.

— Pas le seul, dites-vous ?

— Vous jouez à quoi, Étienne ? Vous permettez que je vous appelle Étienne ?

Dardel s'était trompé en entrant au Jadis. Il avait jaugé Andras à sa tenue, quelconque, grise, et à sa tête, fouine triste ; il avait affaire à plus malin qu'il ne l'avait imaginé. Jouer les ingénus, avec Andras, ça ne marcherait pas. Trop expérimenté, trop dur, trop déterminé, son profil passe-partout était un piège.

— Je vous repose ma question autrement : les images des caméras sur l'affaire Benalla, refourguées à l'Élysée, c'est Dhomme ?

— Non.

— C'est vous ?

— Non.

— C'est qui ?

Andras regarda longuement Dardel.

Sans doute les deux avaient-ils vu les mêmes films, scruté les mêmes scènes, apprécié les même antihéros, Dardel imaginait Andras en John Cazale dans *Un après-midi de chien*, lâchant Al Pacino dans son braquage, ou en Harvey Keitel, dans *Taxi Driver*, sale mec et sale mac, que De Niro finirait par descendre.

Dardel attendait la réplique, qu'Andras embraye. Il attendait qu'il reprenne, Dardel aimait ces secondes en suspens, le temps de se dire qu'il ne suffit pas d'aimer tel ou tel film pour jouer correctement le sien. Il faut savoir les interpréter.

— Étienne, je vais vous faire une fleur… Je vais vous raconter comment on fait dans la police… comment on fait pour grimper… ça vous dirait ?

— Je suis tout ouïe…

— On a une devise, dans la Maison… Une devise qui ne va pas vous plaire…

— Oui ?

— Si tu n'sais pas, t'es pas responsable.

— En effet.

— Simple, efficace, de bon goût.

— Je vois ça.

— Langue de bois deuxième langue… C'est bien aussi ?

— C'est bien aussi.

— Si vous préférez, tout ça, c'est une variante du : ne jamais avouer. Donc, les DVD des caméras de surveillance de Benalla, *no lo sé*. Vous comprenez ?

Dardel se passa les mains sur les yeux, remontant la monture de ses lunettes sur le front. Son geste machinal, de fatigue ; une virgule, avant d'attaquer.

— Je ne ferai rien de votre vidéo, Andras.

— Je m'en doutais… Non que je vous croie intègre, simplement, diffuser ça, ça collerait pas à votre image de chevalier blanc, hein… Dénoncer la femme de votre ennemi… Pas assez joli-joli pour vous…

— Entre autres.

— Oui, Étienne, je vous connais bien, vous savez… On vous connaît bien, je dirais même, dans la Maison… Avec tous ces gens qui voudraient vous décerner le prix Nobel de la paix… Allez, je vais vous dire, nous, nos ennemis c'est, dans l'ordre, les juges, les gendarmes et les journalistes. Vous, Dardel, vous êtes champion. Votre côté moralisateur, les gentils, les méchants, c'est votre droit, et, dans une autre vie, je vous trouverais peut-être même touchant, mais je peux pas, nous, notre réalité, on sait ce qu'on subit, on sait ce qu'on a en face…

— Chacun son rôle.

— Absolument. Vous, les honneurs. Moi, les salopards qui brûlent des kiosques à journaux sur les Champs, hein, en mode autodafé. Ou les fous furieux qui braquent les collègues et se baladent avec leur fusil-mitrailleur !

— Je ne suis pas arbitre, Serge… Vous permettez à mon tour ?

— Faites donc, Étienne.

— Non seulement je ne suis pas arbitre, mais je vais vous dire : la République, ce n'est pas la loi du talion. Œil crevé pour kiosque brûlé, main arrachée pour vitrine brisée. Non.

— Et les cocktails Molotov ? Les tirs de mortier ? L'acide ? Vous voulez la liste complète ? Jusqu'au nouveau machin, là, bien répugnant, le Cacatov, de la merde sur nous ? Franchement, vous vivez dans un monde parallèle, Dardel, avec vos petits protégés… Mais vous fatiguez pas… La vidéo de la Béatrice, la femme de Dhomme, elle sera sur Facebook ce soir… Un groupe de policiers, FB Team 22, vous connaissez ?

— Un groupe fermé ?

— Exact. FB comme Facebook, 22 comme 22 v'là les flics. Enfin, fermé, le groupe compte quand même 10 000 brassards, au bas mot. Que des gens de chez nous… Ça sert de soupape, et ça sert tout le monde. Les gars eux-mêmes, d'abord ; nous, les syndicats, comme ça on sent ce qui monte ou pas dans les rangs ; et même ces enculés de l'IGPN.

Dardel mémorisait le nom du groupe, ça pourrait toujours servir. Au Jadis, c'était l'heure des habitués d'après le boulot, quand le comptoir se fait agora, qu'on va et vient, entre l'ennui du bureau et l'ennui de la maison ; l'instant propice pour Dardel d'aborder le fond des choses, couvert par les vies et les verres qui trinquent.

— Dhomme, qu'est-ce que vous pouvez m'en dire ?

Andras sourit.

— Usé, fatigué.

— Physiquement ?

— Oui, mais pas que. Son mental… son mental, il est pas bon… C'est plus le Dhomme que j'ai connu.

Les quatre cents coups, que j'ai pu faire avec lui, sous ses ordres… Maintenant, il est au bout du rouleau, il veut s'adapter à rien, rien moderniser, rien changer. En fait, Frédéric, il comprend que dalle à ce qui se passe, il pige rien à la menace. Avec ses CRS, il fait du service d'ordre à l'ancienne, du statique… Ne pas aller à l'affrontement, son grand truc, tu parles ! Il veut pas bosser avec les BAC, nos casques à pointe, nos fantassins les meilleurs, rien… Et voilà le résultat, l'autre samedi… Dé-vas-tés, les Champs-Élysées, dé-vas-tés ! J'ai beau essayer de l'aider, il veut rien savoir… Et moi, j'ai mes troupes du syndicat, mes adhérents, ils craquent…

— Ça se comprend, en un sens…

— J'veux mon neveu ! La stratégie du pourrissement, ça commence à faire !

— Stratégie, vraiment ?

— Oh, facile, la stratégie… Le pourrissement, c'est comme le vélo. Pas besoin d'ordres, pas besoin de consigne, il suffit de laisser rouler la mécanique.

— Et vous voudriez quoi, au juste ?

— Arrêtez vos signalements !

— Pardon ?

— Non, je plaisante, Dardel… On s'en fout de vos signalements, même que des collègues en ont imprimé un ou deux… comme des médailles ! Se faire dardéliser, c'est la classe, vous savez…

— Arrêtez de vous foutre de moi…

— Ah, Étienne ! Vous aimez pas l'humour poulaga ? Vous savez ce qu'ils font les collègues, pour tuer le temps dans les camions ? Ils matent votre compte Twitter. Ça les inspire. On a même une collègue qui a essayé de vous concurrencer. Sauf que cette pomme, elle répertoriait les blessés chez nous. On lui a gentiment demandé d'arrêter. Faut pas désespérer Billancourt.

Dardel se surprit à émettre un petit rire, ça faisait partie de ses plaisirs interdits, rire au milieu des lignes ennemies ; rire comme intérioriser et expulser aussi sec, rire pour se tenir à distance, de soi, de l'adversaire, du moment.

— OK, Étienne… Primo : on veut que les commissaires commandent. Pas la salle d'état-major. Je vous explique. Le commissaire, normalement, c'est Dieu. Et maintenant, le samedi, c'est plus rien. Juste le pantin de la salle de commandement. Et ça, c'est pas bon. Pas bon du tout. Le flipomètre est à son max, et quand les collègues ont peur, quand il savent pas qui donne les ordres…

— Deuxio ?

— Deuxio ? On veut être mobiles, vraiment, comme les casseurs, on milite pour la création d'une unité spécialisée… Un groupe anti-casseurs, super mobile, un groupe à moto… Comme vous, quoi, Étienne !

Dardel laissa filer l'allusion.

— On a même le nom… les BRAV, c'est pas beau ?

— BRAV ?

— Oui. BRAV pour Brigades de répression de l'action violente. C'est nouveau, ça va sortir.

— Et Dhomme est contre ?

— À cause des voltigeurs… Le syndrome Malik Oussekine… On touche pas aux manifestants. Un mort et c'est fini, tout le monde saute.

— Oui, je connais, Serge. Je connais bien.

— Eh bien, nous, on dit : ça suffit. L'époque a changé. Il faut oublier Malik Oussekine. On va pas se retenir toute l'année comme ça. S'il doit y avoir de la casse, y aura de la casse. Point barre. Et vous savez quoi ? On va masquer les plaques minéralogiques des motos, comme ça, tranquilles.

— Bravo monsieur !

Dardel se retourna, un client du Jadis. Ni lui ni Andras n'y avaient prêté attention, le client attendait que les toilettes se libèrent, et il avait sorti ça comme ça.

— Vous voyez, dit Andras. L'époque a changé.

— Je crois plutôt qu'elle est mouvante, Serge. Et que ce que nous vivons est un événement, un véritable événement.

— Moi, je suis pas sociologue, je suis policier.

— Je vous parle de ça, Serge. De vous, policiers, transformés en bras armé d'un pouvoir sans puissance, un État sans légitimité. Un État qui ne défend plus que lui-même, puisqu'il a tout bradé.

— Gauchiste, va !

— Appelez ça comme vous voulez, mais l'Histoire nous regarde, je le crois vraiment. Et je crois qu'elle retiendra ce que chacun est en train de faire. Elle retiendra vos positions, celles du pouvoir, des pouvoirs…

— Vous cassez pas, Étienne, moi, je gère le chaud-bouillant. Je gère le tout de suite, les affaires courantes… Les syndicats sont tous d'accord mais à une condition : on n'y va pas déshabillés. On ira armés.

— Dites-moi, Serge…

— Oui ?

— La femme à côté de madame Dhomme, c'est qui ?

— Vous voulez dire ?

— Sur la vidéo… La femme à côté, celle qui a la main arrachée.

Andras marqua un temps d'arrêt, les épaules rentrées, le temps de laisser le client sortir des toilettes et rejoindre son verre.

— Bien fait pour sa gueule, si je puis dire.

— C'est pas ce que je vous demande…

— D'ailleurs, je l'ai dit à la télé, et ça lui a pas plu, à Dhomme, c'est là qu'il a commencé à me chercher des noises…

— Ce n'est toujours pas la question, Serge.

— Vous voulez le PV ? Les faits, les individus, tout le bazar ? Je peux vous l'envoyer, si vous voulez… Tout de même, une sacrée, celle-là… Vicky Machinchose. Elle n'avait qu'à pas ramasser la GLI-F4… À croire que vos signalements, ils servent à rien, Dardel ! Vous les mettez en garde, et, bam, les gens, ils s'en foutent…

— Vicky comment ?

— Je ne sais plus. Une chieuse, une lesbienne en plus, genre qui aime rien. Les Renseignements l'avaient à l'œil. Notez que, dans son malheur, ça lui fait une belle médaille. Tombée au front, ils aiment ça, le Bloc.

— Elle est du Bloc ?

— Vous débarquez, Étienne ? C'est un ramassis de dégénérés, le Bloc. Des petits-bourgeois en mal de tout, des toxicos en mal de shoot, vous voyez ?

Depuis le comptoir, le client cherchait Andras du regard. Tout son corps était tendu vers lui, vers cette conversation inaudible, trop lointaine, intrigante.

Andras lui lança un hochement de tête entendu, et se tourna vers Dardel :

— Au fait, Étienne, ça vous a plu, le Fouquet's ?

— De quoi vous parlez ?

— De votre virée à moto. On sait, vous savez. Les portes, on fait pas que les garder, à la DOPC, on sait les ouvrir.

— Filatures ?

— Tout de suite, les grands mots ! Comprenez-nous… Le Dardel des Allô Place Beauvau, sur notre terrain, la nuit, qui prend des photos, qui tweete, ça nous titille… Et puis…

— Puis ?

— Et puis, on voulait s'assurer que tout irait bien. On vous sait un peu menacé, Étienne… Ça nous aurait ennuyés qu'il vous arrive des bricoles.

Dardel fit un signe au patron, et régla, c'est pour moi, Serge ; Dardel jouait les cœurs solides, ne rien laisser transparaître face à ses sources, jamais.

— Vous saluerez madame, conclut Andras. Très jolie, madame Dardel. Très jolie.

Russia Today France – la vidéo scandale qui secoue la Préfecture de police de Paris (VIDÉO).

C'est une courte vidéo qui circule sur les réseaux sociaux, et qui risque d'apporter encore plus de confusion au sein de la Préfecture de police, déjà mise à mal par les débordements qui émaillent les samedis parisiens depuis maintenant plusieurs mois. On y voit Béatrice Paolini, fraîchement divorcée de Frédéric Dhomme, le directeur de la Direction de l'ordre public et de la circulation (DOPC), coiffée d'un casque blanc et d'un T-shirt blanc frappé du sigle rouge des ambulanciers. À ses côtés, la jeune militante d'extrême gauche qui a perdu sa main droite, devant le Palais-Bourbon.

À la Préfecture, on reconnaît que cette vidéo ne pouvait tomber plus mal, au moment où les critiques fusent sur l'institution et sa stratégie en termes de maintien de l'ordre.

Les rumeurs vont bon train : Frédéric Dhomme, jugé trop modéré, serait en effet de moins en moins suivi par ses hommes. Les activités de son ex-femme l'auraient-elles influencé, consciemment ou non, dans ses choix tactiques et notamment l'option de modération dans les ordres donnés ? C'est la question qui bruisse dans les couloirs de la Préfecture. Et si Serge Andras, du Syndicat Police France Préfecture de Police (PFPP), majoritaire, rappelle que « Dhomme est un grand professionnel », il admet que « tout n'est pas lisible dans la chaîne de commandement », avant de couper court aux rumeurs : « Dhomme est notre patron, et il le restera, nous avons toute confiance en lui. Cette vidéo, c'est de l'ordre de la vie privée. »

Pourtant, de source bien informée, RT France a appris que la vidéo avait ému en très haut lieu. Le préfet de police pourrait être convié place Beauvau dans la journée. « Ça sent le fusible », explique un connaisseur.

L'origine de la vidéo est également sujette à polémique. Il semblerait qu'elle provienne… du dispositif de caméras de vidéoprotection de la Préfecture elle-même, comme dans l'affaire Benalla. « Si cela devait s'avérer, avertit Serge Andras (PFPP), ce serait très grave. La Préfecture de police doit travailler dans la sérénité, au moment où Paris connaît ses troubles les plus graves depuis plus de cinquante ans. On ne peut se permettre de telles fuites, qui non seulement contreviennent à la loi, mais surtout fragilisent nos services. »

Selon nos informations, une enquête interne a été confiée au très discret Service de déontologie et de soutien aux effectifs de la Préfecture de police.

Procès-verbal GJ-289C3
Retranscription des notes du carnet de Dardel Étienne (sur base photographique)

NOUS : Arnaud X.,
Capitaine de police en fonction à la Direction du renseignement de la Préfecture de police

Tribunal de grande instance de Paris, chambre des comparutions immédiates. Salle 6-01, spéciale gilets jaunes. Choses vues.

Xavier L., 21 ans, chevelure souple, T-shirt rouge, regard juvénile, employé de fast-food.

Il est venu manifester à Paris en famille (un oncle et un cousin) depuis Châlons-en-Champagne. Xavier a bu quelques bières, dans le cortège, entre Bercy et

République. Sur la place du même nom ; il a lancé un bout de banc et des bouteilles en direction de gendarmes mobiles. Aucun n'a été touché.

Le président demande :

« Voulez-vous être jugé maintenant ? »

Xavier :

« Je préfère maintenant, comme ça s'est fait. »

La salle gronde. Elle lui conseille « Délai ! Délai ! » pour mieux préparer sa défense. L'avocat de Xavier est pris de court, « ce n'est pas la salle qui décide, c'est le prévenu ». Le président fait du chantage à la détention provisoire le temps de fixer une nouvelle audience. Xavier accepte, « maintenant ».

Au moment de son interpellation, il présente 0,67 mg d'alcool par litre d'air expiré.

« J'étais en train de manger, au pied de la statue de la République. »

Le tribunal reconnaît que les images de vidéosurveillance ne donnent rien, « trop de confusion » disent les enquêteurs.

Xavier ne conteste pas les faits, juste la taille de la planche du banc, « un tout petit bout de bois ». Il expose sa vie, enfance difficile, élevé par ses grands-parents. Depuis trois mois, il a décroché la timbale, un CDI à temps partiel chez KFC. « Ils l'attendent », lâche son avocat. Xavier vit maritalement, il est père d'une petite fille d'un an et demi. « Ce que j'ai fait, c'est n'importe quoi… Je regrette. »

Le parquet requiert quatre mois avec sursis. Xavier sourit, largement.

« Vous avez quelque chose à dire avant que le tribunal ne délibère ? » demande le président.

Xavier répond :

« Vous inquiétez pas, je compte pas remettre les pieds à Paris… »

Décision : deux mois de prison avec sursis.

allo @Place_Beauvau – c'est pour un signalement – édition spéciale

De retour d'une conférence de presse au Parlement européen sur mes signalements. Ce soir, l'Europe vote une résolution contre l'usage du #LBD40 en manifestations.

On avance, on avance.
@EtienneDardel

« RÉPUBLIQUE BENALLANANIÈRE »

Edward Lynn ressemblait à un joueur de football ancienne génération, pas très grand, pas bien athlétique, mais dont la musculature des jambes laissait entrevoir un passé sportif. Longtemps, il avait couru après les petits délinquants, saute-dessus et courses-poursuites ; avec l'âge, il était passé de l'autre côté, comme ces anciens joueurs devenus entraîneurs ; Edward Lynn était formateur de police.

C'était leur première rencontre de visu, après une longue correspondance ; Lynn avait prévenu Dardel, il serait déçu, il aurait plus affaire à un cadre sup qu'à un flic. Comme lieu de rencontre, Lynn avait suggéré les tables de ping-pong en béton du jardin du Luxembourg, on pourrait faire une partie ou deux, avait-il lancé, pour apprendre à se connaître et décider d'un déjeuner éventuel. Dardel accepta, d'autant qu'il était convié au Sénat, à deux pas, dans l'après-midi.

La victoire policière fut écrasante, 21-7 ; la revanche fut pire, 21-3 ; la belle s'annonçait exténuante. Dardel se voyait courir, pour rien, depuis quand n'avait-il pas transpiré comme ça ? Lynn enchaînait revers et smashs, ça semblait lui procurer beaucoup de satisfaction, et d'assurance. Il avait imposé le tutoiement avec le plus grand naturel. Entre deux services, le policier apportait sa vision des événements ; et Dardel sprintait, suait, ramassait les balles blanches. Lynn les comparait à celles des LBD, bien plus dures, il disait, et d'un diamètre supérieur…

— Genre balles de golf, tu vois.

— Oui, souffla Dardel.

— J'ai suivi ta conférence à Strasbourg, sur Facebook. Percutant, si je puis dire… Très bien, le neurochirurgien, avec ses diapos. Le mur de la honte… Bien trouvé. À mon avis, il se prépare des jours sombres avec l'ordre des médecins…

— Je le crains aussi…

— Et l'avocat, aussi, brillant. Son laïus sur les armes de guerre, la GLI-F4, le LBD… Bien, bien… Arié Alimi, c'est ça ? Il ira loin, lui, si mes collègues lui font pas trop de misères… À la moindre incartade, les projecteurs seront braqués sur lui. Comme ils le seront sur toi, Étienne, si d'aventure…

— Je lui dirai…

— Mais à lui, comme au toubib, comme à toi, il manque un élément…

Dardel se pencha pour ramasser la balle blanche qui s'évertuait à le narguer.

— Quel genre ?

— Pourquoi les visages sont-ils autant visés avec le LBD 40 alors que c'est rigoureusement interdit ?

— Oui, on se le demande tous !

— Le diable se cache dans les détails…

— Manque de précision ?

— Tu parles, Dardel ! Les organes de visée holographique des lanceurs sont – je te le confirme d'expérience – d'une précision helvétique. C'est ce qu'on appelle point visé, point touché. La firme Brügger et Thomet joue beaucoup là-dessus, ce sont des Suisses... Ils sont à Thoune, une charmante bourgade avec vue plongeante sur un lac – le plus grand site d'exercice de l'armée suisse. J'ai visité une fois. Leurs lanceurs permettent des tirs extrêmement précis jusqu'à trente mètres, et très précis jusqu'à quarante mètres ; au-delà, une légère correction doit être apportée par le tireur…

— Et… comment ?

— Juste avec le viseur figure-toi, grâce au réticule lumineux, alimenté par piles, ça tient des jours et des jours, pas de panne possible.

Dardel tenta un coup droit amorti. Il voulait ralentir le rythme du match.

— Donc, les tirs à la tête ? Intentionnels ?

— On sort de l'hiver, n'est-ce pas ? Et l'hiver, ils font quoi, les manifestants ? Ils se couvrent davantage, les doudounes, les manteaux longs, les gros pulls, les vêtements chauds, tout un attirail qui offre une protection involontaire mais efficace – et chaque porteur de LBD le sait pertinemment. À l'instruction, on leur indique qu'en fonction de la distance, mais aussi de la tenue vestimentaire de l'émeutier, l'impact d'un tir n'est pas le même. J'ai eu l'occasion de voir dans des violences urbaines des individus très chaudement vêtus impactés à des distances entre quinze et vingt-cinq mètres, et qui encaissaient sans broncher le projectile ! Imagine la frustration pour le tireur ! Alors, après, t'étonne pas que certains bacqueux shootés à l'adrénaline, avec des consignes ambiguës, tirent dans le tas, et visent haut…

Soudain, Lynn s'interrompit, comme saisi. À 15-0 dans la troisième manche, Dardel profita de l'accalmie pour déclarer forfait. Lynn accepta, sans broncher, l'esprit ailleurs, un lointain souvenir, sa zone trouble, un tir dans le tas ?

— Et si on allait déjeuner ? suggéra Dardel.
Cette fois, il déciderait du lieu, le Polidor, un établissement sur pied depuis plus de cent soixante-dix ans.

— Rue Monsieur-le-Prince, de circonstance, non ?
Edward Lynn retrouva son sourire, mi-amer mi-ailleurs.

En chemin, le formateur parla des écoles de police transformées depuis les années 2000, des chenils pour fous furieux, des illettrés recrutés à 3/20, faute de candidats ; et du commandement managérial, ignorant tout des choses de police et des choses de la vie. L'esprit cow-boy a gangrené toute la maison.

— Ils se sentent protégés, et couverts, totalement ; jamais connu pareil sentiment d'impunité dans toute ma carrière. Une page est vraiment tournée, Étienne…

Lynn parla aussi des suicides dans la police ; ils viennent de là, année noire après année noire, ils s'en foutent là-haut, mais je te le dis, trop de pression, trop de pression… La fatigue, les cadences, la dictature du chiffre, les ordres incessants, et maintenant, au front, contre les gilets jaunes, samedi après samedi… Tiens, à la BRB, j'ai un collègue qui m'a raconté… Ils sont dix-sept de permanence, au lieu des six officiers d'habitude. Ça veut dire que tes tours de perm' arrivent plus vite que d'habitude, tu vois pas tes gosses, tu vois pas ta femme… Et, en plus, on les fait chier pour du droit co', de la voie publique, alors que leur boulot, c'est la bande organisée, c'est les gros truands…

— Pas de leur niveau ?

— C'est juste pas leur métier, tu comprends ? Et maintenant, voilà que toute la PJ est mobilisée à compter les petites cuillères du Fouquet's… Et les fourchettes ! Ordre de là-haut… Faut retrouver les casseurs… T'imagines ? La PJ ! La gloire de la police, à quatre pattes pour de la vaisselle de parvenus… Pendant que la délinquance, la vraie, remonte, pas cons les mecs, ils savent qu'on est occupés ailleurs… Mais voilà… Dans la police, tu l'ouvres, on te dessoude.

Alors, chacun garde ses problèmes pour lui. Jusqu'au jour, bang, caisson pété.

Lynn changea de sujet. Il voulait se rattraper, chasser les idées noires – manifestement, il se débattait avec lui-même, peut-être que parler avec Dardel le soulageait. Il avoua qu'il avait bien aimé sa punchline au Parlement européen, si, si, ta punchline, celle sur la *benallisation* de la police.

Dardel avait emprunté l'idée à la photo d'un graffiti qu'il avait vu circuler sur Twitter. Elle résumait à merveille sa pensée, Lynn était d'accord, Benalla, l'homme du président, frappant impunément un manifestant, c'était le signe annonciateur de ce qui adviendrait avec les gilets jaunes, un maintien de l'ordre improvisé, illégal, illégitime, au plus haut sommet de l'État, méconnaissant les doctrines, méprisant les règles, écrasant le droit.

— Benalla en tant que tel, on s'en cogne, conclut Lynn en entrant au Polidor. C'est surtout un symptôme, Benalla.

— Oui, l'État qui piétine l'État. Et on a des nouvelles de son coffre-fort ?

— Aucune. Comme si ça arrangeait du monde, là-haut…

Le restaurant était dans son jus, avec ses toilettes à la turque, ses œufs mayo à 4 euros, *so exotic, lecker und charmant* selon TripAdvisor. Dardel aimait bien venir ici, petit bouillon oublié des Parisiens. De la vitre, il voyait l'entrée de l'immeuble où Malik Oussekine avait été abattu par les voltigeurs. Une plaque avait été scellée au sol, sur le trottoir, en 2006, Dardel avait secrètement assisté à la pose, la rumeur disait que le syndic de l'immeuble avait refusé la commémoration, et depuis les passants la piétinaient sans un mot, et sans savoir.

Ce 6 décembre 1986, l'étudiant Dardel manifestait. C'était la nuit, à l'assaut des CRS, propulsé entre chien et loup de l'adolescence à la bassesse des adultes ; Dardel et son ami de toujours, son frère de sang, bientôt suicidé, fuyant dans tous les sens, d'une rue au boulevard Saint-Michel, évitant les coups de matraque. Des étudiants nantis du Quartier latin aux Gaulois réfractaires des ronds-points, comme Macron appelait les gilets jaunes, c'était toute la voix, romaine et romanesque, de Dardel ; son rapport à la rue, et à la colère populaire, toute sa vie qui puisait sa source dans ces événements.

— J'étais là, dit Dardel à Lynn. Enfin, j'étais dans le quartier.

Lynn releva sa tête du menu. Il sentait que Dardel lui demandait un minimum de concentration.

— Tu vois, Lynn, je dis toujours à mes enfants : ce n'est pas où on est né qui compte, mais où on se sent naître. Eh bien, je suis né ici, Lynn. J'ai vu le jour en face – ou pas loin. Cette nuit-là. Je suis né caché dans un hall d'immeuble avec une bande de pilleurs, des Beurs, on disait comme ça, qui avaient saccagé un kiosque… On entendait les Honda de la Préfecture qui ratissaient le secteur, des 125 rouges, des tout-terrain qui surgissaient sur les trottoirs, fonçaient dans les rues… Des rues noires, je me souviens… Coupure d'électricité… Le peloton des voltigeurs motocyclistes de la Préfecture de police de Paris, c'était leur nom… Deux par moto, un conducteur, un salopard à bâton, la grande cavalerie aux trousses… Des sauvages qui cognaient sur tout ce qui bougeait. Et on était là, avec mon meilleur ami, et ces petits Arabes de banlieue, on avait grimpé l'escalier, quatre à quatre, jusqu'au troisième étage, à plus pouvoir souffler. Ils nous passaient des *Playboy* et des *Penthouse*, qu'ils avaient ramassés, dans la confusion et le vacarme, change-toi les idées, frérot, et dehors, au pied de l'immeuble, le vrombissement de la répression, des supplices dans la nuit. Oui, Lynn, je suis né là.

Le policier le fixa :

— J'étais dans les parages.

Son regard se figea, sans raison apparente.

Dardel ne réagit pas. Dardel ne voulait pas savoir. Il préférait préserver leur complicité naissante que tout savoir – le privilège de l'âge, fermer les yeux sur le passé pour s'offrir un peu de demain, quand le stock d'avenir s'amenuise.

— Mes signalements, ils viennent de là, Lynn. De cet accouchement. De cette révélation. De cette époque où *Le Figaro Magazine* disait qu'on avait tous le sida mental, de cette bourgeoisie apeurée – et féroce. Elle m'a meurtri, à vie, à même pas 20 ans, quand le destin trace son sillon. Oui, Lynn, j'ai beaucoup travaillé sur la mort de Malik Oussekine. Je connais par cœur les déclarations du témoin de son meurtre, un jeune fonctionnaire des Finances qui habitait là, en face, au 20 rue Monsieur-le-Prince, regarde, la porte vitrée : « Je n'ai pas eu le temps de refermer la porte qu'un des trois policiers avait déjà glissé sa matraque entre les deux battants. J'ai essayé de résister, mais ils étaient trois… Après, je n'ai plus rien vu. Ils nous ont roués de coups de pied, de poing, et de matraque. Lorsqu'ils sont partis, je suis sorti dans la rue reprendre mes esprits. Après, je suis rentré et j'ai vu Malik face contre terre. Il ne bougeait plus. J'ai cru qu'il se reposait. »

— Belle mémoire, Dardel.

— C'est ma chance, Lynn. Pas de rancœur, mais beaucoup de souvenirs. Hélas, on n'a pas compris que ce qui se jouait, c'était aussi le racisme latent de la société, et de ses gardiens… Longtemps, un vieil homme, un employé de la librairie d'à côté, a renseigné les curieux, et posé des fleurs. J'ai beaucoup parlé avec lui. Il doit être mort, aujourd'hui. Il nous mettait en garde contre l'amnésie. J'aime ces inconnus, j'aime ces braves. Bon, Lynn, tu as choisi ?

Il commanda un ragoût ; Dardel, un tartare, et des ombres.

— Je me souviens d'une femme, dans sa Super 5, une rouge, le modèle phare de l'époque, la quarantaine, affolée, avec un gros chien ; elle voulait qu'on monte dans sa voiture, la Sorbonne, occupée, était une souricière, la femme nous suppliait, Bjorn, mon ami, et moi, vous êtes fous, montez, montez, elle répétait, je vous en prie, ils sont partout, les flics, les flics vont vous tabasser ! Elle était belle, Lynn, jamais je ne l'oublierai, la preuve, Lynn… Mais je me demandais bien ce qu'elle foutait ici, la nostalgique de 68, je l'emmerdais avec son regard plein de pitié, comme si nous allions mourir. Elle est partie comme ça. Un fantôme.

— Et tu lui cours après, trente ans plus tard ? fit Lynn, avec une pointe de mélancolie dans la voix, comme s'il pensait à autre chose.

— En somme, Lynn. Mes signalements, c'est ma R5. Ma façon d'aider ces gens.

— Les gilets jaunes ?

— Les révoltés.

— Fachos compris ?

— La révolte ne demande pas ta carte du parti, Lynn.

— Réponse facile.

— Alors, une question : crois-tu que tous les communards étaient fréquentables ? Tous les révolutionnaires, propres ? Crois-tu que chaque soulèvement est beau comme dans un Delacroix ? *La Liberté guidant le peuple*, as-tu bien observé ? Qui dit qu'il n'y a pas d'arrière-pensées douteuses sur cette barricade ?

— Sais pas, Étienne. Moi, je suis de l'autre côté…

— Ce que la gauche française vient de rater, c'est ça. Elle qui est si vendue, si sale, exige de la pureté sur sa gauche. Elle est incapable de voir que sur la barricade, justement, au Louvre, comme dans la rue, tout le monde n'est pas forcément fréquentable. Mais légitime, oui, quand la liberté guide chacun… Tu veux que je te dise ?

— Oui.

— La gauche, c'est comme ici. C'est comme ces nappes en papier Vichy du Polidor, c'est comme la céramique usée au sol, comme ces piliers. On se demande s'ils se tiennent eux-mêmes ou s'ils résistent à l'impossible.

allo @Place_Beauvau – c'est pour un signalement 802

Zineb Redouane, 80 ans. Décédée suite projectile #lacrymogène reçu à la tête, alors qu'elle fermait ses volets.

Marseille, hier
@EtienneDardel

Avertissement Twitter

Bloquer le compte @EtienneDéfèque ?

Le compte parodique @EtienneDéfèque ne sera plus en mesure de vous suivre ou de vous écrire et vous ne verrez pas de notifications de @EtienneDéfèque.

Confirmer pour bloquer.

Twitter vous signale

Le compte @EtienneDéfèque a été bloqué.

« NOTRE-DAME A BRÛLÉ, LES MISÉRABLES SONT EN FEU »

La mère de Vicky conduisait une Autobianchi sans âge. Elle entra par la grande porte nord du fort de Vanves. La bâtisse, aussi décatie que la petite voiture était esquintée, datait du XIXe ; un monument triste, de pierre rose poli et pollué par le temps, qui avait constitué un des édifices de l'enceinte de Thiers, censée protéger Paris des Prusses et des autres. Le fort de Vanves avait été transformé en caserne plus ou moins secrète.

Jacqueline Gontier gara sa vaillante sur le parking aux allures de court de tennis. Vicky leva les yeux sur le bâtiment : le meilleur de la construction soviétique, début des années 1960. Elle raconta à sa mère ce que Thiers, ce salaud, avait fait : commander l'écrasement de la Commune. Ça l'amusait de voir un de ses vestiges balafré par l'architecture d'inspiration stalinienne.

Dans le rétroviseur, Vicky aperçut ses traits tirés, mais les yeux toujours rieurs. Elle gloussait en imaginant l'inauguration du lieu par un quelconque Pompidou, tout le confort moderne pour espions modernes. Dans le miroir, Vicky remarqua aussi une larme, minuscule, d'épuisement ou de tristesse ; d'instinct, elle voulut passer sa main sur sa joue, pour tâter le mal qui vient, effleurer ses lèvres et caresser son visage, pour se donner de l'entrain. Mais sa main n'était plus, sa main était un moignon, sa main était après la mort.

— Tu te souviens, maman, quand je jouais sur les bords du Tarn, dans les gorges, à creuser le sable ? Mes châteaux ? Avec mes mains, et mon seau… Ils étaient plus beaux que ça, quand même !

Jacqueline sourit. Sur son lit à Cochin, Vicky avait recommencé à lui redire l'indicible : maman.

Sous le préau, les deux femmes lurent les plaques vissées au mur, comme une malle aux trésors fugace, la plus prometteuse était celle de la Direction du renseignement et de la sécurité de la défense, les espions de l'armée chargés des installations sensibles. Jacqueline trouvait l'instant exotique, si loin de sa vie et de son ordinaire ; Vicky semblait en repérage.

Elles se dirigèrent au second étage, lieu de leur convocation, à l'Inspection générale de la gendarmerie nationale.

Le chef d'escadron se présenta. Il portait beau l'uniforme, Jacqueline ne connaissait pas ce beige de la Maréchaussée, elle était impressionnée malgré tout ; Vicky le fixait droit dans les yeux. Chacun des galons du soldat était un rappel à l'ordre ; Vicky savait ce qu'elle avait à dire, et à ne pas dire. Elle avait consulté tous azimuts, *legal team*, avocats, camarades.

— Je suis le chef chargé de l'enquête interne sur votre incident…

— Incident ? souffla Jacqueline.

— Disons de ce qui est arrivé à votre fille, ici présente… La grenade… Sa main… Comme l'incident devant l'Assemblée met en cause des militaires…

— L'incident ? répéta Jacqueline.

— Oui, non… Donc, une enquête interne… Dont je suis le chef… Le chef d'enquête…

Vicky le coupa et lui demanda s'il avait du temps, le militaire, parce que elle, elle en avait, sa vie s'était arrêtée, parce que l'*incident* ne pouvait pas en être, ce qui lui était advenu était un *résultat*, le résultat d'une *logique*, la *trace* d'une *répression*. Vicky appuyait sur les mots, sa main sans main ponctuait ses phrases, à coup de virgules sur sa cuisse droite. Le chef d'escadron restait de marbre, il connaissait la réthorique, il dit que oui, qu'il avait le temps, vous comprenez, c'est délicat votre affaire, insistait-il.

D'abord, il y avait eu la nasse, dans une petite rue ; les lacrymogènes, des nouveaux, des surpuissants, épouvantables, qui bouchent la vue et les bronches – Vicky entrait dans le moindre détail. Les corps serrés, les peurs, les *ploc ploc ploc* des tonfas sur les boucliers, à la radio, les ordres, tout ce qui se trouve sur votre chemin : interpellation ! Vous les ramenez et on en fait un troupeau !

Jacqueline interrompit sa fille :

— Notez, inspecteur, notez…

— Enquêteur, madame…

Vicky filait son récit, un récit de guerre, une guerre qui aurait lieu juste avant les balles réelles.

— Ce jour-là, comme chaque samedi, j'ai vu les contrôles préventifs, j'ai vu les fouilles illégales, vos collègues qui arrachaient les gilets jaunes, les masques de protection de chantier, les lunettes de piscine, tout y passait, les casques de vélo, tout, tout, tout, et j'ai vu les nasses inhumaines, les arrestations arbitraires, j'ai assisté au départ en prison de tout un tas d'innocents, exfiltrés un par un de la foule et du mouvement. Et puis je n'ai plus rien vu, à cause des gaz. Entre deux voitures, un policier m'a poussée d'un coup sec sur la nuque, et j'ai chuté. Et je me suis relevée aussitôt, refusant de jouer son jeu, d'être sa victime. Je ne voulais pas céder à la peur.

— Un policier ? Ou un gendarme ? demanda le chef d'escadron.

— Dans le dos, je vous dis. Je n'ai pas pu le voir. Mon visage frappe le sol, je suis en sang, on me tire par les cheveux, longtemps ; on me traîne, sur quoi, dix, douze, quinze mètres, c'est long quinze mètres ; puis on me relève par la lanière de mon sac à dos. Je résiste, je m'accroche au pare-chocs de la voiture, et là, les coups pleuvent, matraques, *ploc ploc ploc*, sur mes doigts.

Le gendarme jeta un regard à sa main.

— Non, dit Vicky. Pas ces doigts-là, à gauche ; ceux qui étaient *là*.

— Et après ?

— La double peine, comme toujours. Les insultes, les menaces, sale pute, on va te fumer, dégage.

— Je voulais dire… Après… À l'Assemblée ?

Jacqueline prétexta d'un appel à passer, et sortit du bureau. Le gendarme préférait. Être seul face à la victime, c'était être en position dominante, puissance invitante, dans son fort, triste et gris, mais le sien, son territoire.

Vicky récusait les affirmations des gendarmes mobiles. Non, elle n'avait pas ramassé la grenade explosive, tout était allé vite, si vite, mourir prend une seconde, être mutilée moins encore, je ne l'ai pas ramassée, jamais de la vie, j'ai voulu l'éviter, la repousser, de peur qu'elle explose sur moi, trop tard – déflagration, TNT… Je vous le dis, notez-le sur votre PV, la GLI-F4 était lancée sur moi, volontairement, sciemment, consciencieusement…

— Qu'est-ce qui vous permet d'affirmer cela ?

— Parce que dans la nasse, ils m'avaient prévenue.
— Qui *ils* ?
— Vos collègues.
— Vous m'avez dit que vous ignoriez si c'étaient des gendarmes ou des policiers ?
— Ça change rien.
— Pour mon rapport, ça change tout.

Vicky regarda la photo officielle du président de la République qui lui faisait face, au-dessus de l'enquêteur.
— C'est une mascarade ?

Le gendarme s'offusqua, mais non mademoiselle Gontier, mais non, mon travail consiste à écouter tout le monde, à instruire à charge et à décharge, à fermer des portes.
— Non ! répliqua Vicky, frappant à nouveau son restant sur la cuisse. Votre travail consiste à laver le sale travail de vos collègues. Votre travail consiste à maintenir l'ordre, à nous *mains tenir*, quitte à nous amputer. Votre travail consiste à délivrer des permis d'existence et ça commence par les autorisations d'insulter : *Les gens qui ne sont rien* et *Un pognon de dingue*, c'est possible ; *suicidez-vous* lancé à vos collègues, c'est un crime. Un crime d'autant plus odieux que les médias en oublient l'origine, à l'origine, nous criions *Ne vous suicidez pas – rejoignez-nous*, mais face aux coups, face aux matraques, à votre folie… Voilà en quoi consiste votre travail : il consiste à ce que les banlieues restent

des banlieues, des lieux bannis, des paysages mornes où l'idée même de fronde joyeuse est réprimée dans le sang, bavure après bavure, contrôle après contrôle. Je le sais, j'y vis. Votre travail consiste à maquiller les cicatrices détestables du capitalisme. Il consiste à…

— À concourir à la justice, mademoiselle.

— La justice ? Envoyer des lacrymos chez une vieille dame à sa fenêtre, et constater son décès sur son lit d'hôpital en disant que les *faits* n'ont rien à voir. La justice ? Rafler des gamins en banlieue, les laisser dans le froid, trois heures durant, à genoux, menottés, sous la pluie, et décider, comme a dit votre collègue, la cheffe de la police des polices… Décider que, dans les *faits*, il n'y a eu aucun comportement déviant ? Alors, votre concours à la justice… Permettez-moi de ne pas vous croire. Et même…

— Même ?

Vicky regarda sa main.

— De vous plaindre, de votre petite vie, dans votre petite caserne, dans votre petite démocratie armée, dans votre petit tableau accroché là. Tout ce cirque, y compris ici, ce sont les clauses d'un contrat d'assurance vie pour ceux qui sont du bon côté du stylo, comme vous. Le pouvoir sait qu'il ne tient à rien, ou juste à un fil de légitimité, un fil tendu, un fil perdu…

— Mademoiselle ?

— Une assurance vie pour vous, pour l'oligarchie, pour les tenants de l'injustice. Voila ce que le maintien de l'ordre voudrait *maintenir*. Et pour cela, le prix est élevé. Le prix, c'est le sang. Le bain de sang, samedi après samedi. Des yeux crevés, des mains arrachées.

L'enquêteur décida de laisser Vicky s'épancher, consignant tout sur PV ; chacune de ses déclarations constituait autant d'éléments de personnalité qui pouvaient toujours *colorer* son instruction.

— Depuis des mois, tout est en place pour décrédibiliser la moindre contestation. Pour *criminaliser* le moindre refus. Tout est mis en œuvre pour diviser la population, tout pour éviter tout front uni. Et vous le savez mieux que personne, vous, le gendarme : la matraque ne suffira pas, trop de crânes à fracasser, trop de souffrances à terrasser, trop de détresse. Le pouvoir croit encore que sa fable pourra tenir longtemps. Une fuite en avant, voilà le spectacle qu'il donne. Le caractère imprévisible du mouvement, voilà ce qui fait peur.

— À qui ?

— Au pouvoir, à vous autres, les policiers, son bras armé. Appelez ça comme vous voudrez, stratégie de la tension, du pourrissement, pari de la violence : c'est un jeu dangereux qu'on vous demande de conduire. Un jeu dangereux pour le pouvoir, comme pour le peuple. Ne voyez-vous pas que nos libertés sont menacées comme nos conquis sociaux ?

— Acquis, mademoiselle.

— Non, conquis, monsieur l'officier. Ne voyez-vous pas que tout un monde s'effrite ?

— S'effrite ? Vraiment ?

— S'effondre même.

— Peut-on revenir sur les faits ?

— Les *faits* ? Quels *faits* ? Ma main, ce n'est pas un *fait*. Ma main, c'est *rien* ; votre grenade, c'est *rien*, si tout cela n'est qu'une juxtaposition de *faits*.

— Les faits, c'est mon travail.

— Que je conteste, monsieur le chef des faits. Que je conteste.

Jacqueline cogna à la porte, inquiète des éclats de voix. Elle regagna sa chaise, et ne souhaitait qu'une chose, que tout cela s'arrête, ce cauchemar, les cris de sa fille, et tout ce jaune vif passé pâle, ce beige inconnu, cette justice pas juste, tous ces efforts pour rien, sentiment d'épuisement, la fête est finie, tous ces ronds-points désertés, démantelés, parfois à coup de tractopelle, au petit matin par d'autres gendarmes aux ordres, des gendarmes comme celui-là, vêtus simplement d'une autre couleur. L'enceinte du fort lui avait ouvert les yeux.

Un mur.

Tout ça n'était qu'un mur.

L'État, sa police, ses chiens de garde, partout. Un mur, et des miradors, une cour de promenade pour être promenés, de frigo vide en frigo vide. Jacqueline doutait, voudrait-elle revivre tout ça ? Toute cette fraternité des périphéries, ces cabanes de fortune – à Graulhet, chez elle, ils avaient rebaptisé Chez Brigitte et Manu en le Fouquet's, Jacqueline avait trouvé ça amusant, mais maintenant ? Elle s'interrogeait. Le prix à payer, la main de Nelly, le mépris des éditorialistes, tous ces commentaires aux commentaires pour étouffer la réalité, et même son parti, le RN, qui les avait lâchés, faute de pouvoir contrôler ; est-ce que tout ça valait la peine d'être vécu ?

L'enquêteur se tourna vers Vicky.

— Connaissez-vous Béatrice Paolini ?

— Non.

— Vous voyez qui elle est ?

— Non.

— La street medic qui vous a secourue…

— Oui, et alors ?

— Vous a-t-elle parlé ?

— Oui. Elle est restée avec moi, à attendre les pompiers, et même après.

— Vous a-t-elle fait part de confidences personnelles ?

— Je préfère ne pas répondre.

— Sur son mari, par exemple, Frédéric Dhomme ?

— Je préfère ne pas répondre.

— Connaissez-vous un dénommé Étienne Dardel ?

— Le lanceur d'alerte des Allô Place Beauvau ?

— Oui.

— Non.

— Non, quoi ?

— Non, je ne le connais pas. Pas personnellement.

— Savez-vous comment il s'est procuré la vidéo de la GoPro de votre incident ?

Vicky s'apprêtait à ouvrir la bouche, pour en finir, quand sa mère se leva d'un bond, en hurlant, surprise de sa propre témérité.

— Arrêtez, merde, avec *incident* ! Ce n'est pas un *incident* !

Le gendarme s'excusa :

— Pardonnez-moi, madame. Vous voulez bien vous rasseoir ? Ou même aller vous chercher un café ? Nous en avons bientôt terminé.

Jacqueline opta pour la première solution.

— Mademoiselle Gontier, pour la GoPro, vous savez ?

— Aucune idée, et aucune importance d'ailleurs.

— Si, pour mon rapport.

— Oui, *votre* rapport.

— Je dois fermer toutes les portes, je vous l'ai expliqué. Comprendre comment et par qui ces images transitent avant qu'elles n'arrivent à ce monsieur Dardel, c'est une porte.

— Vous n'avez qu'à lui demander…

— Il refuse de parler. J'ai essayé de le joindre téléphoniquement… Secret des sources, dit-il. Lui qui n'a même pas de carte de presse…

— En quoi ça m'intéresse, ce qu'il fait ou ne fait pas ?

— En ceci que la vidéo de votre *accident*, ça vous convient *accident* ? La vidéo qu'il a diffusée ne corrobore pas tout à fait vos dires… Disons que ce n'est pas net, la compression d'image, peut-être ? On voit bien l'effet de souffle, on entend la détonation, votre cri…

— Ce n'est pas mon cri. Vous le savez… C'est celui de madame Paolini, qui m'a sauvée.

— Disons, un cri. Mais on ne voit pas ce que vous venez de m'expliquer, que vous vous seriez penchée pour repousser la grenade…

— Monsieur le chef d'enquête, nous allons partir. Cet interrogatoire est odieux.

— C'est une audition, mademoiselle Gontier.

— Odieuse, tout pareil !

Et Vicky fit grincer ça chaise, sèchement. Elle se leva, emportant sa mère dans son élan. Pas un geste, pas un regard, Vicky quittait les lieux, plus déterminée que jamais. Derrière elle, sur le seuil de la porte, Jacqueline lança un dernier coup d'œil au bureau du gendarme, avec son drapeau tricolore, le portrait du président, la Déclaration universelle des droits de l'homme ; tout devenait flou, un ensemble vide, creux, ordre et République, elle voyait s'effondrer son monde, plus désemparée que jamais, elle ne croyait plus en rien, pas même à son Rassemblement national, vers où se tourner ma fille, aux barricades, maman, vers toutes les barricades.

allo @Place_Beauvau – c'est pour un signalement – édition spéciale

L'ONU demande « urgemment à la France une enquête approfondie sur tous les cas rapportés d'usage excessif de la force » contre les #GiletsJaunes

On avance, on avance.
@EtienneDardel

« LE CALME N'EXISTE PLUS »

— Vous m'avez fait venir, monsieur le préfet ?

Le patron de la DOPC était essoufflé, la journée avait été longue, longue et pénible. Un oiseau donnait des petits coups de bec à l'une des fenêtres du salon préfectoral, façade ouest, sur le boulevard du Palais.

— Oui, monsieur le directeur. Prenez place, je vous prie.

Il lui tendit un livre.

— C'est pour vous.

Le dernier Houellebecq.

— Merci, monsieur le préfet.

— J'ai entendu Sollers à la télévision. Il a dit de Houellebecq que c'est le romancier des ronds-points et des gilets jaunes. Je me suis dit que ça pourrait vous aider.

Dhomme regarda la couverture, l'air blasé. Il savait qu'il ne lirait pas ce *Sérotonine*, pas plus que les autres ;

il savait que cette littérature n'était pas faite pour être lue, mais pour être posée sur un bureau, ou offerte à un n-1, une littérature de domination et d'entre-soi. Il savait que toute l'époque était placée sous le signe du mépris et de la désolation. Houellebecq méritait sa Légion d'honneur.

Il s'attendait à ce que le préfet s'apprêtait à faire : huiler cette machine grippée. Dhomme savait que son supérieur partageait son analyse : ceux qui les commandaient n'avaient foncièrement aucune idée de ce qu'était l'État. Trop jeunes, trop assoiffés, sans expérience. Et qu'ils ignoraient tout du militantisme, qu'ils ne l'avaient jamais fait, marcher dans les rues, manifester ; ils étaient à des années-lumière de *sentir* le peuple. Ce qui revenait à dire qu'ils en avaient peur.

— Cher Frédéric, vous qui chérissez les mots, je voulais solliciter un entretien avec vous. Car je crois que nous allons en avoir besoin, de mots, et de tournures, vous et moi. Il y a le feu à la baraque, pourrait-on dire vulgairement.

Le préfet fit un rapide état des lieux, sous le buste de son Napoléon, avec une pointe de crainte et de jalousie.

— Il y a le feu partout, au ministère, au Château, dans les journaux, et chez nous. Nous devons frapper un grand coup, Frédéric. Sinon, Bérézina…

Dhomme hésita. De mémoire, il n'avait jamais surpris le préfet évoquer la moindre déroute de l'Empereur, comme si ses défaites n'étaient que pure fiction. À la fenêtre, le pigeon s'entêtait.

Le préfet embraya :

— Les arrestations préventives ? On a vu, c'est bien. La presse nous suit, on fait joujou avec la menace, ultra-droite, ultra-gauche, ultra-jaune même, mais comme vous le savez, ça ne sert à rien, au fond. Ou si peu. C'est du cirque. Du cirque médiatique.

— Tout de même…

— Frédéric, je sais ce que vous pensez… La justice nous suit, pour une fois, condamnations et gardes à vue à gogo, le parquet avec nous ; les télés qui applaudissent ; les associations qui se taisent ; la société pétrifiée ; la condamnation des casseurs plus forte que la dénonciation de la répression, oui à tout ceci… À dire vrai, mon cher Frédéric, en d'autres temps, je sablerais le champagne avec vous, mais…

— Mais… les Champs-Élysées ?

— Oui ! Où sont nos maréchaux, Dhomme ? Comment a-t-on pu se faire prendre à revers comme ça ? Iéna, Wagram, Friedland, nos avenues, ses Victoires, saccagées ! Et Foch ? Et la Grande Armée ? Notre Arc de triomphe ?

— La moto n'a pas marché.

Le préfet souffla.

— La moto ?

— La moto folle, qu'on a mise en place avec les Renseignements. La banalisée, avec son pot d'échappement percé… D'ordinaire, les casseurs la suivent, on les promène où on veut, mais là, non, ça n'a pas fonctionné…

Le préfet jeta un regard glacial sur Frédéric Dhomme. Il lui parlait de guerre civile dans Paris, il répondait par une vague excuse d'intendance, de dispositif plus ou moins imposant, de manœuvres plus ou moins grandes, de foule à éduquer, à influencer, de psychologie. Dhomme comprit ce que le regard du préfet pointait : ceux qui commandent allaient les écraser, lui, et le préfet ; les écraser comme ils leur ordonnaient de mater le peuple.

— Frédéric, je vous le dis. Il faut lâcher la bride à vos hommes. Il faut écarter nos technocrates qui passent trop de temps dans les méandres de la littérature administrative. Il faut oublier la note de service. Action ! Action !

— Au risque de ?

— Au risque de laisser les séditieux renverser l'État ? Voilà le risque.

— Non, je pensais aux blessés…

— Frédéric, le feu, je vous dis. Les mutilés ? Les risques du métier… Vous comprenez ? Pour un de touché, mille manifestants qui désertent.

Dhomme fit un petit oui de la tête. Le visage du préfet avait des allures d'étau. Bonaparte, dans son portrait désolé, souriait.

— Votre stratégie est en panne, Frédéric. Je ne peux plus vous couvrir... L'Élysée qui croit à un coup d'État, une ingérence russe même, sur les réseaux sociaux – vous vous rendez compte ? Et Beauvau qui hurle à qui mieux mieux. Et la presse qui nous lâche, et réclame des têtes. Sans parler de Benalla et de ses frasques. On nous accuse de le couvrir, de manquer d'entrain, infoutus de retrouver son coffre. Pas plus que le fusil-mitrailleur volé à vos hommes, l'autre jour.

— Sur le fusil, l'enquête avance. On a retrouvé les munitions. Sur un SDF.

— Nous voilà bien, Frédéric !

— Monsieur le préfet...

— Non, Dhomme. Le nom de mon remplaçant circule déjà dans Paris. Le vôtre aussi, par la même occasion. L'Intérieur veut jouer la carte du black bloc : les autonomes attendent notre vrai visage ? Ils vont l'avoir. La répression, la vraie. Et tout le monde sera content : les casseurs, qui pourront se plaindre du fin fond de leur geôle ; les médias qui pourront crier victoire, enfin la police a de la poigne, je vois d'ici les titres, et l'Élysée, qui jouera l'unité nationale. Maintenant, c'est la stratégie du chaos. Mais pour *eux*, les gilets ; pas pour nous. Je ne veux plus de vitrine cassée, vous m'entendez ? Frédéric, vous le savez mieux que personne : si on veut tenir nos troupes, elles doivent se sentir libres.

Plus elles seront violentes, plus elles seront aux ordres… Sous notre protection, et la crainte. En roue libre, mais dans nos pistes, en quelque sorte… L'entre-soi, ça tient le groupe. L'Empereur disait : on gouverne mieux les hommes par leurs vices que par leurs vertus.

Dhomme se tut. Il se sentait soudain extérieur à la scène ; il se voyait perdre la bataille, abattu et recroquevillé. Toute sa carrière se dérobait, sous ses yeux. Sa nuque était douloureuse ; ses pensées, de gâchis. L'heure de vérité avait sonné, et de la plus détestable des façons : par surprise, lui qui les détestait, lui qui les savait pires ennemies de sa fonction. Ne jamais être pris au dépouvu, toujours anticiper un ou deux coups à l'avance. Dhomme le sentait, il avait failli.

À la fenêtre, l'oiseau avait déclaré forfait, il s'était posé sur le rebord de la fenêtre, sans un geste, sans un battement d'aile. Dhomme observait le préfet allant de son bureau à la table du petit salon, puis de la table à la fenêtre, il ne l'avait jamais vu comme ça, aussi nerveux, et fébrile.

— Et ces fuites de vidéos, Frédéric ? Tenez votre service, bon sang ! Les vidéos Benalla, et maintenant votre femme… Où va-t-on ?

Dhomme tenta de se justifier – en vain. La colère du préfet était froide, sans appel. Devant lui, il avait disposé ses trois portables habituels. D'ordinaire, lui ou son chef de cabinet répondait par texto sec, oui, non, plus tard, ou camouflait sa voix derrière ses mains ridées. Cette fois-ci, le préfet laissait les appareils sonner dans le vide, même le blanc, l'ultra-sécurisé, celui des urgences absolues.

— Bien, monsieur le préfet. Je sais ce que j'ai à faire.
— Pas tout à fait, Frédéric.
— Oui ?
— Je vais vous demander de monter au front…
— Vous voulez dire ?
— J'ai passé des coups de fil… Vous allez recevoir une invitation que vous ne pourrez pas décliner. Il y va de vous, de moi, de la PP. C'est… C'est un ordre. Pour nous sauver, vous et moi.

BFM – Édition spéciale

La Police ou le Chaos ?

Samedi prochain, sur notre antenne
Un face-à-face historique : Dhomme vs. Dardel
Le lanceur d'alerte contre le chef de l'Ordre public
Une heure de débat avec nos experts et des images exclusives sur BFM, et sur BFM seulement !

« LES IDÉES SONT À L'ÉPREUVE DES BALLES DE DÉFENSE »

— Et c'est maintenant l'heure d'accueillir… L'homme qui fait trembler la République ! Le lanceur d'alerte anti-violences policières ! Celui à qui l'opposition promet une statue… Sous vos applaudissements, l'homme providentiel : Étienne Dardel !

Droit sur un marquage au sol, une petit croix de ruban noir, Dardel se tourna vers le plateau télé, selon les indications d'un assistant de l'émission, pour se diriger vers la table du milieu – celle des VIP, avait répété l'homme au casque.

Vingt mètres à peine, une éternité sous les faisceaux des caméras, assez pour se souvenir de ses 20 ans, quand il venait là, ici même, en ces lieux mêmes, claqueur professionnel, applaudir contre quelques francs quelque vedette du moment.

Le décor avait changé ; du blanc immaculé, les murs étaient passés à l'ambiance bistrot sous tabac ; restaient les habitudes, et les coutumes, les parasites des couloirs et les maquilleuses méprisées, les sourires entendus et les regards craintifs, tout un cirque de centre du monde minuscule.

Dardel entendait à peine les applaudissements, il en savait le factice mieux que personne : il fixait la table, et ses micros, il fixait ce pourquoi il s'était jeté dans ce guêpier. Rester focus, comme on disait au Québec, focus, focus, lui avait répété Hanna, te laisse pas embarquer dans des chausse-trappes, rappelle les mutilations, les mains arrachées, les yeux perdus, et les raisons de la colère, justice fiscale, justice sociale, injustice totale.

La présentatrice avait vieilli, comme lui. Elle était déjà dans les parages trente ans auparavant – mais elle, elle avait su, ou dû, rester svelte, charmeuse et élégante, le regard un peu moins vide, peut-être, mais la même futilité dans le sourire.

Elle reprit, tandis que Dardel s'installait :

— Et j'aurai le plaisir de confronter mon invité de ce soir au plus haut responsable de l'ordre public de la Préfecture de police, alors qu'une veillée d'armes s'opère en ce moment même dans la capitale... Dois-je vous rappeler que, demain, la Préfecture va déployer une dizaine de drones, du jamais vu, et des chiens démuselés, et vingt mille hommes, vingt mille, dont des militaires de l'opération Sentinelle ? Un dispositif hors du commun pour faire face à l'« Acte Ultime : Paris, capitale de l'émeute » annoncée par les black blocs. Cette confrontation entre mes deux invités, ce sera le duel du soir ! En direct !

Dardel savait que l'animatrice serait intraitable avec lui – il avait visionné quelques-uns de ses shows sur YouTube, professionnel et focus, toujours ; elle serait intraitable non par tempérament, mais parce qu'un quelconque chef le lui aurait demandé, chef qui lui-même aurait pris ses ordres amicaux un peu plus haut, jusqu'au sommet de la hiérarchie. Dardel se rappelait *quand* et *comment* se négociaient les invités avec les patrons télé. Il avait lui-même enduré la chose, dix ans après la claque et dix avant le Canada, rédacteur en chef d'une chaîne télé d'info en continu, avant de battre en retraite, dégoûté à jamais par la fabrique de l'opinion. Ses signalements étaient, d'une certaine façon, sa meilleure réplique à ce jeu de dupes : prendre de court les mass-media les plus agiles, à leur propre jeu.

Dardel était prêt.

Il ouvrit le bal, en égrenant ses signalements, d'une voix assurée mais pâteuse, le trac malgré tout, et le besoin de bien faire, tout à son affaire, à détacher les mots pour s'assurer d'être bien compris. Il connaissait l'importance de ces premières minutes, celles où l'on dresse la table et affûte les couteaux, il rappelait le silence médiatique en France, un bon mois, qui avait servi le déni politique, quatre mois, puis les mensonges d'État, qui servaient encore l'État ; il alignait ses formules, testées au Jadis sur la presse du monde entier, et qui avaient fait leur preuve :

— *Chaque samedi, en France… des gens viennent manifester sachant désormais qu'ils peuvent perdre un œil ou une main ; si la République veut qu'on la respecte, elle doit se respecter elle-même ; la République, ce n'est pas la loi du talion.*

Dardel l'avait intériorisé : le piège allait tôt ou tard se refermer sur lui. Le messager plutôt que le message, voilà ce que la télé voudrait broyer – un classique. Avec Hanna, ils avaient parlé de cette probabilité : cette émission de grosse audience, c'était le moment de sortir le grand jeu. Ou de tout abandonner, un hara-kiri en direct – une option possible, extrême, radicale, pour en finir ; quitter cette France rance à peine retrouvée.

La journaliste embraya :

— Monsieur Dardel, demain, les black blocs menacent de déferler sur Paris… « Paris, capitale de l'émeute »… Ce n'est pas le moment de vous défiler.

Défenseur des libertés publiques, Dardel était devenu un adversaire de la sûreté d'État, forcément. Le président lui-même avait eu ces mots : *se rendre à des manifestations violentes, c'est être complice du pire*. Le garant de toutes les institutions était allé jusqu'à affirmer qu'*on ne pouvait pas parler de violences policières dans un État de droit*. Empêcher d'énoncer pour empêcher de dénoncer, que restait-il à Dardel, et aux engagés de ce monde ? Participer à une manifestation, ou la soutenir simplement, était marqué du sceau de l'infamie tandis qu'applaudir à la vente d'armes à un pays criminel de guerre pouvait passer. L'époque avait fait un tête-à-queue, État d'urgence-omniprésence, l'antiterrorisme et le tout-sécuritaire avaient triomphé, *Charlie Hebdo*, le Bataclan, horreurs terminales, s'étaient retrouvés centrifugeuses de la société ; et lui, Dardel, lui qui avait vécu ces drames par procuration, à 5 500 kilomètres de là, Paris-Montréal-Paris, se débattait maintenant au cœur du tourbillon. Critiquer la police, c'était *forcément* être de l'autre bord, *leur* bord, les sauvages, les black-bloqueurs, les pestiférés, vermines, vermines, vermines.

— De toutes les polices, celle du maintien de l'ordre est la plus politique, au sens strict, *polis*, la ville. C'est la gestion de la ville. Ce qui a changé avec les gilets jaunes, c'est la durée de la protestation, c'est la densité de la contestation, ce sont les techniques de maintien de l'ordre dépassées. C'est la doctrine devenue répression. Le droit de manifester qu'on attaque. La Déclaration universelle des droits de l'homme même qu'on remet en cause ! Autrement dit, tout ce dont nous parlons est moins une affaire policière qu'une affaire politique. Et encore… au-delà même du politique…

— Au-delà ?

— Oui, une affaire de morale, d'imagination. C'est la question du donneur d'ordre : l'État. L'État qui, en la matière, a toujours été celui qui déterminait le niveau de violence, et qui nous offre désormais son visage le plus brutal… Quand Max Weber nous parle du monopole de la violence légitime de l'État, on doit interroger chaque mot. *Violence. Légitimité. Monopole. État.* Quand l'État n'est pas à la hauteur de ses droits, quand il bafoue ses devoirs, qu'il y a faillite dans ses résultats, dans sa façon de faire, dans ses tâches mal exécutées, il devrait y avoir débat, a minima. Mes signalements, c'est ça. Des pièces au débat. Des contestations face à l'État autoritaire. Je ne suis pas contre la police. Je me bats contre l'État policier.

Dans les rangs du public, Dardel entendait monter un murmure de désapprobation à chacune de ses interventions, des petits cris censés le déstabiliser. Il observait la scène, tout ce simulacre à gros budget, cette fausse ambiance de faux bistrot, tout un studio enfumé pour faire nature, avec lumières tamisées et cendriers vides – quand les cafés avaient proscrit tout tabac quinze ans plus tôt. Qu'avait-il à perdre, au juste ? Il ne roulait pour personne, pas de rédaction à représenter, pas d'association à citer, pas d'organisation politique dont se revendiquer, juste, lui, cavalier seul, toujours entre deux rives, et aucun clan, total frondeur. C'était sa force, punk un jour, punk toujours, épris de liberté plus que de tout ; sa cravate elle-même, toujours de travers, était un clin d'œil aux énervés des années 1970, grands frères désespérés qui l'avaient guidé toute sa vie : *nos désirs font désordre.*

Un regard au plafond, espace neutre, Dardel décida de poursuivre son offensive :

— Et dans un État démocratique, il n'y a pas à demander l'autorisation pour discuter de ce monopole. Quand l'État piétine ses fondamentaux, il y a un problème. C'est un combat à mener.

La présentatrice porta sa première estocade :

— Tout ça, monsieur Dardel, c'est bien joli mais… Mais avez-vous quitté le métier ?

Il était sur le qui-vive.

— Quel métier ?

Elle souriait, tenace.

— Le journalisme !

Rassuré, Dardel répondit du tac au tac.

— Je me demande plutôt si ce n'est pas le métier qui a quitté nombre de mes anciens collègues, les vôtres, ici, sur votre chaîne, et ailleurs…

— Ah ! Le discours anti-médias ? Pas vous, Étienne Dardel !

— Mais regardez… Regardez… Ne sentez-vous pas le léger parfum des années 1930 dans les rédactions ? Quand vos collègues, toute l'éditocratie, parlent d'une même voix, et affublent les gilets jaunes de tous les noms, les pires, vermines, factieux, salopards…

— Vous ne répondez pas à ma question !

— Si.

— Non… Je vous la repose : Dardel, journaliste ou militant ?

Le murmure se fit plus franc derrière lui, maintenant des sifflements nourris. Dardel décida de passer outre, sans s'y arrêter, sans courir après les contre-vérités. Ne pas jouer le jeu, tenter de faire comme si la salle était acquise, car ainsi l'exige l'époque : faire savoir compte autant que faire. Dardel en était parfaitement conscient : qu'il n'y ait personne *ici* de son côté, ni sur le plateau, ni dans le public, n'avait pas d'importance, tant que les retransmissions copiées-collées diffuseraient bientôt l'agit-prop, sur tous les *live* morcelés, une myriade de remix, de partages, de retweets. Le monde était devenu fanzine, enfin ; dès lors, un groupe minoritaire pourrait surgir, par ses seuls liens affinitaires, et changer la donne. Un chercheur avait qualifié son travail de revanche des médias faibles sur les forts. Dardel l'avait pris pour le meilleur hommage qui soit, la victoire du *Do It Yourself*.

Dardel le savait : ce soir, il aurait les honneurs de la chaîne, il devrait en payer les fers. Invité de la télé, on finissait trop souvent par régler l'addition, physiquement et moralement ; ni le corps ni l'esprit n'en sortant tout à fait indemnes.

— Monsieur Dardel, que répondez-vous à ceux qui saluent, je cite, votre « habileté médiatique qui est parvenue à faire croire que les principales victimes étaient les casseurs, victimes des policiers. C'est un extraordinaire retournement de vérité et de situation » ?

— J'en pense que le judo est un art supérieur de la guerre.

— La guerre ?

— Médiatique. L'art de retourner à son adversaire sa propre force. L'art de contraindre les médias à médiatiser ce qu'ils refusent de voir.

— C'est pas un peu manichéen, Étienne Dardel ?

— Tout l'inverse ! J'essaye de concourir à apporter un peu de complexité à la représentation de la réalité... Il faut croire que l'État a la clé, mais qu'il ne sait pas à quoi ressemble une porte. Ou qu'il feint de ne pas le savoir. Cette surdité, c'est une autre forme de violence d'État. Insidieuse, terrible. Mais combien de temps cette tactique pourra-t-elle dominer ? On sent bien que la foule connectée, aujourd'hui, peut être plus puissante que l'État armé.

— Que pensez-vous des casseurs ?

— Lesquels ? Ceux en K-way noir ou ceux en chemise blanche ?

— Vous m'avez compris, Étienne Dardel...

— C'est tout le problème... Ces sous-entendus... Les casseurs ne seraient que d'un côté, et il faudrait s'en contenter. Eh bien, non. Mois après mois, blessés après blessés, voilà la conclusion à laquelle je suis parvenu :

les gilets jaunes nous somment de réfléchir à une autre casse, la casse invisible, la casse des ronds-points, des périphéries, la casse des sans-classe, la casse sociale de tout le pays.

— À quoi croyez-vous ?

— Je crois que quand l'État de droit disparaît, la rue reprend le dessus…

— Vous êtes donc un révolutionnaire ?

— Je crois aux gens qui, d'une main souvent tremblante, lèvent leur smartphone face aux violences policières.

Lors de la page publicitaire, deux maquilleuses surgirent sur le plateau. Dardel connaissait ces moments de flottement où, l'émission suspendue, l'invité est ramené à sa solitude de moins-que-rien. Il pensait à la lâcheté de l'État, sûr de sa force, rouleau compresseur des vérités. Il lui restait à s'accrocher du regard, face à lui, vers les caméras automatiques, seules véritables nouveautés des lieux : le temps avait remplacé les cameramen par des yeux électroniques automatisés, la prochaine étape serait sans doute de faire de même avec les invités, bientôt hologrammes.

Dardel respira un bon coup. Un jeune homme avait disparu à Nantes. C'était à la Fête de la Musique, un DJ avait balancé *Porcherie* des Béru, la BAC avait vu rouge et Steve ne réapparut que trente-six jours plus loin, défiguré, le cadavre en extrême décomposition. Le Premier ministre avait disculpé la police, celui de l'Intérieur s'était muré dans un silence indifférent. C'était l'été. L'assaut fascistoïde commençait là, dans le refus d'admettre les corps.

Dardel acceptait le duel.

À la reprise, ce fut pourtant la confusion. La présentatrice semblait perdue, son oreillette lui envoyait des signaux contradictoires. L'homme que la chaîne avait annoncé toute la semaine à grand renfort de bandes annonces criardes et criantes, celui qui devait assurer le duel final, *cliffhanger* autopromotionnel pour accrocher les spectateurs à la prochaine émission, ne serait pas l'invité annoncé.

— Frédéric Dhomme ne pourra pas venir. Monsieur le directeur de la DOPC a eu un empêchement de dernière minute, m'apprend-on à l'instant… Un empêchement grave, un motif sérieux, un motif personnel, on me souffle… Pour le remplacer – et je vous demande de l'applaudir pour avoir accepté de le faire au pied levé –, son adjoint, son numéro deux : Serge Andras.

Dardel regarda le policier avancer, comme il l'avait lui-même fait vingt-cinq minutes plus tôt, fendant le public. Andras avait opté pour la démarche chaloupée de De Niro, tête dans les épaules, regard par en dessous, il donnait l'impression de jouer dans *Heat*, d'avoir enfin son face-à-face avec Al Pacino. Les lumières du plateau de télévision achevaient tout surmoi, le conditionnement loges-maquillages-caméras-spots jouait à plein, Andras croyait au spectacle. Pathétique et excité, il en était : Andras-Dardel, comme deux pâles copies de monstres sacrés du cinéma américain, qui se toisent dans un restaurant de Beverly Hills. La scène de *Heat* était d'anthologie, Andras en connaissait toutes les répliques, *quoi qu'il arrive, tu me barreras pas la route, on s'est trouvés face à face, oui, mais je n'hésiterai pas, pas une seconde…*

L'animatrice faisait contre mauvaise fortune bon cœur, tant pis pour Dhomme, l'attitude fière d'Andras annonçait du spectacle.

Dardel le regarda s'asseoir face à lui, pensif. Jamais il n'avait apprécié *Heat* – à cause de cette scène du restaurant, précisément. Dardel en avait toujours voulu à Michael Mann de n'avoir pas montré De Niro et Al Pacino autrement que dans un champ-contrechamp, jamais ensemble, côte à côte à l'écran. Seule la séquence qui précédait la fameuse rencontre avait trouvé grâce à ses yeux, quand, sur le bord de l'autoroute, Al Pacino arrêtait De Niro, comme Dardel rêvait de le faire avec Andras.

Anéantir cette montagne de manipulations.

— Qui êtes-vous, monsieur Andras ? démarra la présentatrice.

— Le numéro deux de la DOPC à la Préfecture de police, l'adjoint de monsieur Dhomme. Comme lui, je suis un pur produit maison. Ça me confère quelques avantages, je crois…

— Lesquels ?

— De bien connaître ce dont je parle… à l'inverse de votre invité, monsieur Dardel… Disons que quinze ans à la DOPC, ça forge un homme. Avec le temps, on épouse le style, on prend le rythme, on pèse, on soupèse, et on travaille, on jacasse pas comme Monsieur.

— Qu'est-ce que vous lui reprochez ?

— Que ses amis gauchistes aient infiltré les gilets jaunes pour inventer l'*émeute perpétuelle*. Ils provoquent mes hommes le samedi, ils se font dégager violemment, ils filment, ils provoquent à nouveau les policiers parce qu'ils se sont fait dégager, ils filment à nouveau, ils se refont dégager violemment, ils provoquent encore les policiers, et… ils fournissent monsieur Dardel en images… Et ainsi de suite depuis des mois…

C'était bien trouvé, le public applaudissait. La présentatrice était aux anges ; Andras, en roue libre, et Dardel, plus seul que jamais. L'émission touchait à sa fin, et la maîtresse de cérémonie demanda à Andras ce qu'il imaginait pour le lendemain, ce jour qu'on annonçait noir, ce « Paris, capitale de l'émeute », le numéro deux de la DOPC répondit : l'Apocalypse si on ne laisse pas faire les anges gardiens de la paix – Andras aimait sa formule. Elle voulait dire : la bataille sera décisive et la contestation écrasée une bonne fois pour toutes.

L'animatrice agita alors le spectre de la justice ; un procureur avait annoncé que des policiers seraient jugés tôt ou tard. Le parquet avait même donné leur nombre, moins de dix, et le lieu, la correctionnelle. Ses déclarations avait mis le feu aux poudres, les syndicats avaient hurlé, on nous lâche, on nous jette à la vindicte populaire, des chiens, on est traités comme des chiens.

Pris de court, Andras bafouillait, tenu par le devoir de réserve. Dardel le soulagea, parlant pour lui : qui a donné des ordres, fourni des armes, peaufiné sa doctrine, et qui, aujourd'hui, se lave les mains des conséquences ? Un gouvernement de lâches, voilà à quoi nous faisons face. Quelques tireurs de LBD seront jugés, pour l'exemple, et l'État, du haut de sa forteresse, restera intouchable.

Andras l'écoutait, sans l'interrompre cette fois, ce qui valait approbation. Dardel prit son temps. Il savait que le dernier mot comptait double en pareille situation. Il finit son verre lentement, et lâcha :

— Mensonges et violences sont les deux signatures des totalitarismes.

Monsieur le préfet, cher Roland,

Comme vous le savez mieux que personne, toute ma vie, j'ai servi cette honorable maison que j'aime, la police urbaine d'abord, puis la Préfecture.

À vos côtés, et à ceux de deux de vos prédécesseurs, j'ai supervisé des dizaines de milliers de manifestations sur la voie publique, à la recherche impossible de l'équilibre instable entre Ordre public et Circulation, liberté de manifester et sécurité pour tous.

Sans juger ni discuter.

Loyale et fidèle serpillière de la République, à nettoyer les écuries d'Augias.

Ce soir, je vide le seau et rince une dernière fois ce torchon qu'a été ma vie, et ma fonction.

Ce soir, ma carrière prend fin.

La guerre des réseaux, politiques, fraternels et policiers, au sein de cette Préfecture que j'ai tant servie et que je trouvais si belle, a eu raison de ma patience. Sans parler du caractère vicieux de maintes traîtrises comme la diffusion de cette vidéo de ma femme, les contrordres et doctrines mouvantes au gré des caprices ministériels, ou encore cette affaire Benalla, grotesque et gravissime, qu'on a voulu en haut lieu me faire porter.

Parce que j'estime qu'un point de non-retour a été franchi ces derniers mois, j'ai l'honneur de porter à votre connaissance, la mort dans l'âme, mais le regard fier, que je suis démissionnaire de mes fonctions séance tenante. Je ne serai pas l'artisan d'une répression qui détournerait l'attention sur elle, et sur les forces de police, coupables commodes d'une intransigeance qui n'est pas la sienne.

Puisse ma décision résonner comme un appel au secours, pour sauver ce qui reste de l'Ordre public et du Droit partagé. Et que des deux Maurice qui ont servi la Préfecture, vous préfériez être le Grimaud plutôt que le Papon.

Recevez, cher Roland, mes salutations respectueuses et dévouées.

Frédéric Dhomme,
Directeur de la Direction de l'ordre public et de la circulation.

allo @Place_Beauvau – c'est pour un signalement – édition spéciale

« Nous n'avons pas de regret sur la façon dont nous avons mené l'ordre public et la sécurité publique. Et ce n'est pas parce qu'une main a été arrachée, parce qu'un œil a été éborgné, que la violence est illégale. »

Source : Laurent Nuñez, secrétaire d'État à l'Intérieur
@EtienneDardel

Un mois plus tard

« LE PIRE EST AVENIR »

Ils étaient une cinquantaine de mutilés. Une vingtaine d'énucléés, trois ou quatre fauteuils roulants, peut-être cinq, ou six ; des bras dans le plâtre et des jambes sous bandages à perte de vue. Les marcheurs progressaient avec lenteur en direction de Bastille, gilets jaunes et brassards noirs, boulevard Richard-Lenoir, ils étaient en deuil et ils étaient en vie, en tête de cortège. L'Assemblée des Sacrifiés, clamait une large banderole qu'un service d'ordre tenait avec fermeté, pour imprimer le rythme à la marche. Un alignement de gueules cassées et de corps brisés, un cortège unitaire de mutilés qui, pour la plupart, ne se connaissaient pas une heure auparavant, jetés dans la rue parce que leur vie avait pris le même bain de sang. La Préfecture de police avait autorisé la marche, à ses conditions : Bastille-Nation, comme une remise au pas ; tout ce qui importait, c'était d'éviter les beaux quartiers. Baroud d'honneur, en petit comité.

Le groupe avançait comme il pouvait – l'épuisement, la douleur à poser un pied devant l'autre, la souffrance d'être là, l'affront des regards – et tous ces micros. Au-dessus des courageux flottaient des cibles dessinées, des injonctions *arrêtez le massacre*, et des vérités : *que fait la police ? Ça crève les yeux.* Certains avaient confectionné jusqu'au petit matin des pancartes *J'ai perdu un œil, j'ai perdu une main, j'ai tout perdu.*

Kevin avait fait le voyage de Cahors, c'était sa première sortie depuis que sa joue avait été déchiquetée par une balle de LBD. 15 ans, depuis déscolarisé, son visage était un masque de fer, des broches pour réparer une mâchoire qui ne connaîtrait jamais ses 20 ans.

Un quadragénaire, l'œil droit évidé, racontait ses journées passées désormais dans le noir, volets fermés – même le reflet d'une télé le rendait fou, migraines et nuits blanches. Les ténèbres, voilà où j'ai été catapulté, disait-il ; éborgné comme au Moyen Âge.

Un second, Roland, artisan plombier, révélait que sa plus grande souffrance ne se voyait pas, qu'il était touché de l'intérieur, rongé, en attendant un signe qui ne viendrait pas.

Et lui, qui avait perdu l'odorat : le projectile de lanceur de balles de défense avait sectionné ses sinus. Et elle, qui avait perdu le goût du goût. Et tous ceux-là, en choc post-traumatique. Et encore elle, tremblant à la vue des uniformes au loin, sur ses gardes, constamment, ils m'ont matraquée à la nuque.

Dardel avait hésité à se joindre à la marche. Cette Assemblée des Sacrifiés, était-ce sa place ? Une fois encore, comme depuis des mois, il lui avait fallu improviser, tâtonner pour trouver la bonne attitude. Hanna l'avait convaincu, après réflexion, oui, y aller, être de la mêlée, il le fallait, affronter cette réalité, affronter ces plaies, saluer la bravoure de ces gilets massacrés, ce paquet de détresses ; toutes ces figures derrière ses signalements, ces destins au-delà de ses chiffres.

Dardel débarqua timidement, d'abord longeant les trottoirs, par réserve, puis on lui serra la main, on criait des Dardel Dardel, des sourires partout, pas des bravos, que des mercis. Sur le dos de son gilet, un manifestant avait peint au pochoir son logo *allo @Place_Beauvau* – un selfie, ça te dit, Étienne ?

Attirés par la clameur, des journalistes télé s'approchaient de lui, ils voulaient l'interroger sur tout et sur n'importe quoi ; sur sa vie, ça rapporte combien, lanceur d'alerte (sur Internet, des trolls l'avaient confondu avec un homonyme, plein de fiel, ils insinuaient Dardel rentier, logé dans le XVIe arrondissement, patron de start-up) ? Et le départ de Dhomme, vous vous sentez responsable ? Son remplacement par son numéro deux, Andras, votre opinion ? Et ce Benalla Bloc, formé à l'arrière des blessés, par des manifestants avec des masques de papier à l'effigie du cogneur, vous en dites quoi ? Et Dettinger, le boxeur qui, sur un pont de la Seine, avait fait reculer à mains quasi nues tout un escadron de gendarmes, héros ou zéro ?

L'un des envoyés spéciaux, si jeune et si nerveux, assurait que ça allait mal finir tout ça, mais pourquoi, il insistait, vous ne dénoncez pas les casseurs, monsieur Dardel ?

Dardel regarda le pigiste avec compassion. Pourquoi sa chaîne envoyait-elle un gamin couvrir pareil événement ? Il imaginait les chroniqueurs, sur le plateau, conseiller la Préfecture sur ce qu'elle avait à faire, pendant que lui, le minot, tremblait sous son casque marqué TV, et en rajoutait sur la menace des casseurs. Que savait-il de la vie, et des vices ? L'interview achevée, le garde du corps du journaliste, un Tunisien, remercia discrètement Dardel, d'une tape sur l'épaule, merci pour ce que vous faites, monsieur Dardel, je suis désolé pour eux, *ils comprennent rien à la télé*.

Plus le cortège progressait, et plus les caméras fondaient sans façon sur les mutilés, à la recherche d'un peu de chair fraîche, ça tournait à la foire d'empoigne par moments, tout n'était qu'exhibition, info et souffrances en continu. Un journaliste anglais, que Dardel avait croisé au Jadis, ironisait : regarde-les, on dirait l'histoire de la journaliste de la BBC à Sarajevo qui entre dans un abri et qui demande : est-ce qu'il y a une femme ici qui s'est fait violer et qui parle anglais ?

Aux balcons, des visages sortaient, incrédules ; parfois des applaudissements gênés. Plus personne ne savait bien qui il était, où il en était, la France *vivait* une crise sans précédent. Les rumeurs remontaient le cortège. Dhomme, démission sincère ou départ forcé ? Dardel, comme les autres, n'en savait rien. Et il les écoutait scander *Révolution ! Révolution !* en songeant aux déclarations de Nuñez, le numéro deux de l'Intérieur, le technicien de service. Dardel en était persuadé : viendrait le temps des regrets de ne pas avoir eu de regrets.

Au loin, un groupe de militants des banlieues s'ébranlait, comme les prémices d'une convergence des luttes – la violence d'État comme bannière. Dardel se revoyait vingt ans en arrière, vivant à Saint-Denis, essayant de recoller les morceaux, le périphérique comme pont-levis infranchissable ; il avait pleuré devant la façade de l'école de sa fille défoncée un soir d'émeutes de 2005. C'était pour comprendre cette vitre cassée qu'il s'était mis à enquêter sérieusement sur le maintien de l'ordre. Tout venait de là, de Malik Oussekine en 1986, et de la mort de Zyed et Bouna, et des brûlures atroces de Muhittin, à Clichy-sous-Bois, en 2005, et du *soulèvement populaire des quartiers*, comme l'avait décrit un rapport des Renseignements généraux.

Dardel lisait les mots d'ordre, et les noms sur les affiches, Adama Traoré, Wissam, Lamine Dieng, battus à mort, étouffés, immobilisés jusqu'au dernier souffle. Est-ce ainsi que naît l'Histoire ? se demanda-t-il.

Une silhouette s'approcha, magie des cortèges, une vieille connaissance de Dardel : Edgar, un pionnier de l'Internet, devenu cheville ouvrière de la lutte anti-répression. Depuis combien d'années ne s'étaient-ils pas vus ? Dix ou vingt ans ? Un gouffre que leurs retrouvailles refermaient d'un coup, comme pour dire, on est là, sur la brèche, envers et contre tout. Edgar tendit un tract à Dardel, ça peut toujours servir :

SORTEZ COUVERT-E-S
Fiche condensée disponible sur paris-luttes.info

Document du Groupe de soutien juridique de la Coordination contre la répression et les violences policières, Paris & RP

Si…
Tu es témoin d'une interpellation
ou de violences policières,
Tu cherches des nouvelles de proches qui ont été interpellés ou dont tu es sans nouvelles, ou pour d'autres urgences, appelle : 07 53 13 43 05

Attention, au tél : ne pas donner de noms ou de détails qui pourraient être dangereux pour les personnes interpellées

Pour les autres cas, envoie un mail à : stoprepression@riseup.net

Parvenue à destination, la foule se retourna sur elle-même, pour se compter et décider de la suite, rester, ne pas rester ? La place de la Bastille était bondée. À la sortie du métro, côté rue de la Roquette, des trotskistes en gilets jaunes flambant neufs, distribuaient leur tract, huit pages écrites serrées et minuscules – des dinosaures. Dardel s'éloigna d'eux comme on quitte un cimetière, et comme il évita, devant le Café Français, une petite bande d'intellectuels qui s'agitait pour distribuer à son tour sa bonne parole. Dardel voyait ces gravures de mode se pousser du col, en piste pour devenir des leaders de demain. Donneurs d'ego et d'invectives. Ils finiront sénateurs, ou patrons de presse, pensait-il, l'aile radicale des bien nés. Il s'en méfiait comme de Tancrède, le héros du *Guépard*, l'aristocrate qui se prête à la révolution par opportunisme : « Il faut que tout change pour que rien ne change. » Déjà, ils s'entre-déchiraient, comme des loups gris, avant de passer à combat plus glamour.

— Vous les aimez pas, monsieur ? demanda une voix douce.

Dardel se retourna, sans répondre.

— Moi non plus, continua la femme.

Elle avait le visage camouflé.

— J'ai dit à ma mère : ils n'auront pas ce qui me reste, ils n'auront pas mon visage.

Et elle lui montra son moignon.

— Vicky, votre signalement 112 !

Dardel hésita encore. Il remarqua des numéros de téléphone sur ses avant-bras, des numéros écrits sur sa peau au marqueur, des 06 avec des noms, Kempf, Alimi, Becker, Mechin, Pascual, Simon – tous avocats.

Vicky mit Dardel à l'aise, elle ne l'embrasserait pas, parce qu'elle ne claquait pas la bise comme ça, mais le cœur y était. Elle avait suivi son travail, d'abord méfiante, les journalistes… mais là, elle voulait le remercier, il avait eu du flair, et du courage, elle aimait ça.

Vicky lui tendit des autocollants.

— Un triptyque, dit-elle. Vous devez connaître...

Dardel lut :

« Il y a trois sortes de violence. La première, mère de toutes les autres, est la violence institutionnelle, celle qui légalise et perpétue les dominations, les oppressions et les exploitations, celle qui écrase et lamine des millions d'hommes dans ses rouages silencieux et bien huilés.

La seconde est la violence révolutionnaire, qui naît de la volonté d'abolir la première.

La troisième est la violence répressive, qui a pour objet d'étouffer la seconde en se faisant l'auxiliaire et la complice de la première violence, celle qui engendre toutes les autres. »

Dardel acquiesça. C'était la citation d'Hélder Pessoa Câmara, le curé brésilien. Il lui manquait la conclusion, que Dardel pouvait réciter par cœur (« *Il n'y a pas de pire hypocrisie de n'appeler violence que la seconde, en feignant d'oublier la première, qui la fait naître, et la troisième qui la tue* »). Pour la forme, il dit à Vicky que ses *stickers*, c'était bien, c'était astucieux, marqués d'une Marianne l'œil en sang, et d'une nouvelle devise *Exploiter – Mutiler – Réprimer*, mais qu'ils étaient trop longs à lire et trop gros pour son ordinateur. Vicky haussa les épaules, en riant, elle ne versait pas dans le marketing.

Dardel lui demanda si sa mère était là, celle du rond-point de Graulhet, celle de la vidéo de l'hôpital Cochin.

— Non, non… Elle a craqué. Paris, elle peut pas, elle trouve que…

Une détonation retentit, si forte, si unique que même Vicky sursauta. Elle avait payé jusque dans sa chair le tonnerre des grenades explosives, elle savait reconnaître sans hésiter chacun des éclairs des manifestations – pétards Mammouth des enragés, pluies de grenades lacrymogènes et fracas des assourdissantes –, cette détonation était à part.

Une détonation de terreur.

Une immense banderole avait dévalé d'un coup sec le long de l'arche de l'Opéra-Bastille. Une banderole noire aux lettres bleues, blanches et rouges : *Honneur de la Police !*

Dardel, paniqué, se jeta au sol, entraînant maladroitement Vicky dans sa chute. Dans leur dos, au pied du Génie, une enceinte crachait une version techno de *Bella ciao* – impuissante et dérisoire.

Dardel aperçut Kevin, ventre à terre, hurlant de pleurs.

Chaque claquement de la banderole couvrait une rafale de tirs. Un canon long, noir, un canon de HK G36, qui répandait la panique. Le tireur était posté au-dessus, sur le toit de l'Opéra – sniper de gilets jaunes. Ses balles figeaient les corps, d'un bruit sourd et terminal.

Honneur de la Police ! Des miliciens, flics français sur le retour et néofachos belges.

D'un geste lent, Étienne Dardel fouilla sa vieille veste en cuir. Le téléphone reposait à sa place, dans la poche intérieure. Fébrilement, il enclencha la caméra.

Et Dardel ouvrit les yeux, Vicky ouvrit les yeux. Le cauchemar commençait.

À suivre…

Merci à Anita,

Juliette, Joseph, Gustave,

Antonin, Fil, Hans, Johanna, Karen, Maxime, Michael, Maureen, Nicolas, Perline, Thomas, Yannick, Valentin, et les autres, anonymes, par centaines.

Merci à Mediapart pour avoir abrité les signalements, réels, de l'auteur.

Et à Étienne Dardel, compagnon des nuits sans sommeil.

DU MÊME AUTEUR

BIBLIOGRAPHIE

Yo ! Révolution Rap
Ramsay, 1991

Sur le quai
La vie dans le métro parisien
Arléa-Corlet, 1996

Pirates et Flics du Net
(avec Florent Latrive)
Seuil, 2000

Toute sortie est définitive
Loft Story Autopsie
Bayard, 2002

Ils ont filmé la guerre en couleurs
(avec René-Jean Bouyer)
Bayard, 2003

Maintien de l'ordre
enquête
Hachette Litteratures, 2007

Tarnac, Magasin général
prix des Assises du journalisme
Calmann Lévy, 2012

New Moon
Café de nuit joyeux
Seuil, 2017

On ne vit qu'une heure
Une virée avec Jacques Brel
Seuil, 2018

Corona chroniques
Éditions du Détour, 2020

Ouvrages collectifs

Noms d'une France
collectif
Le Rouergue, 1995

Encore une nuit à Paris
L'Harmattan, 1997

Big Brother Awards
Les surveillants surveillés
collectif
Zones, 2009

Prison Valley
(avec Philippe Brault et Sébastien Brothier)
Democratic Books-Arte Éditions, 2010.

Paris New Moon
(illustrations de Raphaël Rinaldi)
Castor Astral, 2015

Brut, la ruée vers l'or noir
(avec Naomie Klein, Nancy Houston
et Mélina Laboucan-Massimo)
Lux éditeur, 2015

Cobain on Cobain
Chicago Press Review, 2016

Filmographie

Quand la France s'embrase. Enquête sur le maintien de l'ordre
(avec Christophe Bouquet)
Yami 2/France 2, 2007

Prison Valley. L'industrie de la prison
(avec Philippe Brault)
Upian/Arte, 2010

Fort McMoney. Votez Jim Rogers !
film documentaire TOXA/ONF/Arte, 2013

Le Pigalle. Une histoire populaire de Paris
film documentaire Temps Noir/Résistance Films/Arte, 2018

Webographie

Prison Valley
L'industrie de la prison
(avec Philippe Brault)
Upian/Arte, 2010.
meilleur multimédia non linéaire au World Press Photo 2011
prix du webdocumentaire 2010 à Visa pour l'image (France)

Fort McMoney
Toxa, Arte, ONF, 2014
meilleure production interactive pour médias digitaux
Canadian Screen Awards (Canada)
mention spéciale du jury Visa d'Or (France)

Dada-Data
(avec Anita Hugi)
AKFN/Arte/SSR SRG, 2016
Grimme Online Award, catégorie Culture (Allemagne)
Lovie Awards, Meilleur Design (Angleterre)

Hors-Jeu
(avec Patrick Oberli)
Upian, ARTE et BR, 2016

L'Infiltré
Narrative Boutique/Grand Garage/Akuken, 2017

RÉALISATION : NORD COMPO À VILLENEUVE-D'ASCQ
IMPRESSION : CPI FRANCE
DÉPÔT LÉGAL : OCTOBRE 2020. N° 146442 (3039636)
IMPRIMÉ EN FRANCE

Éditions Points

DERNIERS TITRES PARUS

P5221. Les Forçats de la route, *Albert Londres*
P5222. Steak machine, *Geoffrey Le Guilcher*
P5223. La paix est possible. Elle commence par vous *Prem Rawat*
P5224. Petit Traité de bienveillance envers soi-même *Serge Marquis*
P5225. Sex & Rage, *Eve Babitz*
P5226. Histoire de ma vie, *Henry Darger*
P5227. Hors-bord, *Renata Adler*
P5228. N'oublie pas de te souvenir, *Jean Contrucci*
P5229. Mur méditerranée, *Louis-Philippe Dalembert*
P5230. La Débâcle, *Romain Slocombe*
P5231. À crier dans les ruines, *Alexandra Koszelyk*
P5232. Son Corps et Autres Célébrations *Carmen Maria Machado*
P5233. Nuit d'épine, *Christiane Taubira*
P5234. Les Fillettes, *Clarisse Gorokhoff*
P5235. Le Télégraphiste de Chopin, *Eric Faye*
P5236. La Terre invisible, *Hubert Mingarelli*
P5237. Une vue exceptionnelle, *Jean Mattern*
P5238. Louvre, *Josselin Guillois*
P5239. Les Petits de décembre, *Kaouther Adimi*
P5240. Les Yeux rouges, *Myriam Leroy*
P5241. Dévorer le ciel, *Paolo Giordano*
P5242. Amazonia, *Patrick Deville*
P5243. La Grande à bouche molle, *Philippe Jaenada*
P5244. L'Heure d'été, *Prune Antoine*
P5245. Pourquoi je déteste l'économie, *Robert Benchley*
P5246. Cora dans la spirale, *Vincent Message*
P5247. La Danse du roi, *Mohammed Dib*
P5210. Maudits Mots. La fabrique des insultes racistes *Marie Treps*
P5248. Il était une fois dans l'Est, *Arpád Soltész*
P5249. La Tentation du pardon, *Donna Leon*
P5250. Ah, les braves gens !, *Franz Bartelt*
P5251. Crois-le !, *Patrice Guirao*
P5252. Lyao-Ly, *Patrice Guirao*
P5253. À sang perdu, *Rae DelBianco*
P5254. Mémoires vives, *Edward Snowden*
P5255. La Plus Belle Histoire de l'intelligence *Stanislas Dehaene, Yann Le Cun, Jacques Girardon*

P5256. J'ai oublié, *Bulle Ogier, Anne Diatkine*
P5257. Endurance. L'incroyable voyage de Shackleton
Alfred Lansing
P5258. Le Cheval des Sforza, *Marco Malvaldi*
P5259. La Purge, *Arthur Nesnidal*
P5260. Eva, *Arturo Pérez-Reverte*
P5261. Alex Verus. Destinée, tome 1, *Benedict Jacka*
P5262. Alex Verus. Malediction, tome 2, *Benedict Jacka*
P5263. Alex Verus. Persécution, tome 3, *Benedict Jacka*
P5264. Neptune Avenue, *Bernard Comment*
P5265. Dernière Sommation, *David Dufresne*
P5266. Dans la maison de la liberté, *David Grossman*
P5267. Le Roman de Bolano, *Gilles Marchand, Eric Bonnargent*
P5268. La Plus Précieuse des marchandises. Un conte
Jean-Claude Grumberg
P5269. L'avenir de la planète commence dans notre assiette
Jonathan Safran Foer
P5270. Le Maître des poupées, *Joyce Carol Oates*
P5271. Un livre de martyrs américains, *Joyce Carol Oates*
P5272. Passe-moi le champagne, j'ai un chat dans la gorge
Loïc Prigent
P5273. Invasion, *Luke Rhinehart*
P5274. L'Extase du selfie. Et autres gestes qui nous disent
Philippe Delerm
P5275. Archives des enfants perdus, *Valeria Luiselli*
P5276. Ida, *Hélène Bessette*
P5277. Une vie violente, *Pier Paolo Pasolini*
P5278. À cinq ans, je suis devenue terre-à-terre, *Jeanne Cherhal*
P5279. Encore plus de bonbons sur la langue. Le français
n'a jamais fini de vous surprendre !, *Muriel Gilbert*
P5280. L'Ivre de mots, *Stéphane de Groodt*
P5281. The Flame, *Leonard Cohen*
P5282. L'Artiste, *Antonin Varenne*
P5283. Les Roses de la nuit, *Arnaldur Indridason*
P5284. Le Diable et Sherlock Holmes, *David Grann*
P5285. Coups de vieux, *Dominique Forma*
P5286. L'Offrande grecque, *Philip Kerr*
P5287. Régression, *Fabrice Papillon*
P5288. Un autre jour, *Valentin Musso*
P5289. La Fabrique du crétin digital, *Michel Desmurget*
P5290. Le Grand Manipulateur. Les réseaux secrets de Macron
Marc Endeweld
P5291. Oldyssey, *Clément Boxefeld, Julia Chourri*
P5292. La Vie est une célébration, *Mata Amritanandamayi*
P5293. Les Plus Beaux Contes zen, *Henri Brunel*